花月のコスモロジー

哲学の仕事部屋から

大峯 顯
Akira Omine

法藏館

哲学の仕事部屋から　花月のコスモロジー＊目次

I 星

ヘール・ボップ彗星　2
哲学を学ぶ人びとへ　5
麦秋のころ　8
「戦後」を問い直す　10
ドイツ留学の思い出――ガダマーとの出会い　14
春隣のハイデルベルク　21
蘇える日々――西谷啓治先生を悼む　23
さうさうと海あり　26
ゲーテの詩の前で　30
みちのく――賢治と啄木　35

II 花

無常と永遠と――「白骨の御文章」にふれて　40
俳句を作りはじめたころ　48
虚子との出会い　52

俳句ブームを考える　56
詩と芸　60
俳句つれづれ　63
忘却の山河　75
さくら咲くまで　77

III　月

花月のコスモロジー　82
吉野からの発信　86
自然と共生する〈ことば〉　91
ミュンヘンの夏の花の中で　94
ウクライナの乙女との会話　99
俳号　103
原石鼎の『花影』　105
冬の句　110
自句自解七句　113

Ⅳ 海

太平洋は流れていた 120
いのちの不思議への挑戦 124
「オウム真理教」事件の深層 127
老化する人類 130
仏法領を生きる 133
日本人の死生観と仏教 136
宗教の悪魔化 139
親鸞の海 142
越中五箇山 150
蓮如の魅力 152

Ⅴ 真

煩悩の美しき花——一茶の句 156
糸瓜の花明り——子規と宗教 159
言葉となった如来 163

良寛と蝶　168
天真のうた　171
燃やし尽さん残れる命――西田幾多郎の歌から　181
なぜ「いのち」は尊厳か　183

VI　光

詩的創造について　188
思惟は客体化か　196
ニヒリズムとの壮大な闘い――『西谷啓治著作集』書評　203
詩の防衛――『保田與重郎全集』書評　208
フィヒテ復興のために　217
『浄土系思想論』の大拙　220
あとがき　227

装丁　井上二三夫

哲学の仕事部屋から　花月のコスモロジー

I
星

ヘール・ボップ彗星

「二兎《にと》を追うものは一兎をも得ず」という諺《ことわざ》を苦い思いで嚙《か》みしめてきて何年になるだろう。二兎どころか三兎を追いかけてきたからである。「君は二足の草鞋《わらじ》ではなくて三足だね」と言われたりするときも、やはり忸怩《じくじ》たる思いである。

三兎とか三足とか言うのは、私の仕事が哲学、俳句、浄土真宗の三つだからである。今となっては、三足の草鞋の紐《ひも》は深く肉に食い込んで、脱げそうにもない。どの一足を脱いでも、自分自身でなくなるような気がする。三匹に見えるのは外見だけであって、「自己」という名の一匹の兎だけを追い続けてきたと思っている。むろん、それを得たなどとは思っていない。

寺に生まれたことを別にすると、俳句とのつきあいが最も長い。十四歳のときに作り始めた俳句が今日まで続いている。旧制中学二年の初夏、肋膜炎《ろくまくえん》になり休学して、病臥《びょうが》の毎日であった。そんなときに、やはり肺結核だった一人の浄土真宗の僧が、俳句の手ほどきをしてくれたのである。

生まれて初めて死の恐怖も経験したが、それよりも季節の自然が、たとえようもなく美しく感じられた。前山の若葉の緑が、夢の中に鮮やかに出てきたりしたことを覚えている。「俳句という詩のことばは、人間の心のたんなる叫びではなくて、山川草木との対話だ」という意味のことを最近出した第五句集『夏の峠』の「あとがき」に記したが、この考えの始まりは、もしかすると十四歳の肋膜少年だったときの体験にあるのかもしれない。

ヘール・ボップ彗星《すいせい》が遠ざかっていった。この次の地球接近は二千四百年後、一億五千万キロに及ぶ巨大な尾を曳《ひ》いて回帰してくるという。何だか不思議なめまいのようなものに襲われる。

しかし、この感情は今回が初めてではない。たしか中学四年生の秋の夜、すばらしい天の川を仰いでいた私は、とつぜん、このめまいの感情に襲われた。あの星空が在り、この自分が在るのは何故《なぜ》かといった問いをはらむ感情が私を哲学者の道に誘ったように思う。

十年ほど前、ある物理学者と大学新聞で対談したとき、このことを言うと、この物理学者は自分が物理学を選んだきっかけも、やはり星空の壮観だったと言ったことがある。あの天体のメカニズムを全部解明してやりたいと思ったというのである。これは天体が「いかに」あるかという問いであって、「なぜ」あるかを問うのではない。

コペルニクス以来、太陽や星辰《せいしん》の上り下りは、たしかに数学的に計量できる運動になった。それにもかかわらず、われわれは日月星辰が動くのは、何のためかを知ることはできない。天体の運動は、それらが科学的に解明される、その当のところにおいて、依然として一つの謎《なぞ》ではないか。科学とちがって哲学は、答えが返ってこない謎への問いを捨てることができないのである。哲学の問題に向かうとき、私の心にはいつも、この少年の日の感情が蘇《よみがえ》っている。

しかしながら、宇宙存在の謎よりも、もっと大きな謎がある。それは、自分が今ここに在ることの謎である。なぜ宇宙があるのかと問う自己自身は、何のために今ここに生きているのか。自分とはそもそも誰であり、どこからこの人生にやって来て、死ねばどこへ行くのか。

ソクラテスと共に古いこの問いこそ哲学といういとなみの魂であるが、それはまた、真の宗教が真の哲学と共有する問いでもある。浄土教を生んだ解脱《げだつ》の智恵は、自己とは霊的宇宙を永《えい》劫《ごう》に流転する絶望的な存在だという通信をわれわれに送り続けている。死んだくらいではこの流転をやめるわけにはゆかない。自分自身に出会うことはできないのである。おそらくわれわれは、自分を忘れて真理の通信に耳を傾けたとき、自分自身に出会い、自分を自分たらしめているところの存在に出会えるのであろう。

（「朝日新聞」一九九七年六月一七日号）

哲学を学ぶ人びとへ

「ご主人は大学で何を教えておられるの」と人から聞かれ、「哲学です」と答えるたびに、何だか片身の狭い思いがするわ、と家の者が言う。

「ほう、むずかしい研究をなさっているのですね」という返事がくるのはまだよい方で、たいがいは「なあんだ」というがっかりしたような相手の表情に出会ってしまう、というわけだ。亭主の肩を持たねばならないはずの家内にしてみたところで、内心ではひそかに、ソクラテスに失望していた妻のクサンチッペに同情しているのかもしれない。まことに哲学者はソクラテスの昔から孤立無援だが、とりわけこれは哲学が今日置かれている実状なのである。

大学には哲学という学科や講座があるが、今日これらはかつてない悪天候の下に立っていると言わなくてはならない。哲学のぐるりは敬遠でなければ敵ばかりである。学問の世界からも一般社会からも、哲学はその市民権を奪われそうになっている。現代哲学は立ち並ぶ諸科学の高層ビルの谷間に取り残された、みすぼらしい掘立小屋のごとくである。他方、多量の情報と技術の普及によって機械化してゆく社会生活の中で、人びとが各自の自己をとり戻すための条件は乏しくなる一方である。万人に対して、自己への覚醒を訴える哲学の声は、無人の空間に反響するみたいになったという思いである。

毎年、学生諸君の試験答案の中に、きまって出てくる二つの文句がある。いわく、「哲学は僕にはあまりむずかし過ぎる。もっとやさしくならないか」「哲学を学んだところで何の役にも立たない」。哲学に対して向けられるこの種の拒絶反応は、しかし、ひとり阪大生だけに限った現象ではなく、ハイデッガーやヤスパースのようなドイツの哲学者たちも経験した全世界的な現象なのである。だからこれに対して答えることは、とりもなおさず哲学という学の本質を明らかにすることになるだろう。

哲学はむずかしい、というが、この種の不満はさしあたり、哲学が学問であるということを忘れているためだと思う。およそ学問というものが、常識を離れることである以上、あらゆる学問はむずかしいのである。どんな学問でも才能の他に準備や努力なしに理解できるはずがない。いや、文学や芸術の分野にしても同じことである。私は哲学を学ぼうとする学生諸君にまず、数学や物理学の問題を解くときと同じ努力を要求したい。この心がけを持つだけで、哲学がむずかしいという不平の半分くらいは解消するだろう。

しかし哲学にはさらに、他の学問とちがうもう一つのむずかしさがある。それは「自己」という大事なものに覚醒することのむずかしさである。これは論理や概念のむずかしさとは次元を異にする。どんなに哲学用語をやさしくしてみても、このむずかしさを哲学から取り除くわけにはゆかない。それを取り除くことは、哲学が哲学でなくなることだからである。

これは「哲学を学んでも何の役にも立たない」というもう一つの不平に関わる問題である。たしかに哲学は職人的な知識や技術のように、直接何かの目的に応用され役に立つものではない。哲学の本質には無効用性ということがあるのである。しかし実にこの無効用性こそ、他のいかなるものも代わることのできない最大の力なのである。

今日の社会の中ではすべてのいとなみが、有用性を目指している。しかしそういうすべてのいとなみの中で、哲学だけがこれに反対するのである。役に立たないもの、日常生活の中で直接に効力をもたないものこそ、一つの力たりうる。

それはどういう力か。人間が機械になることを食い止め、人間を人間にするための力である。


（「大阪大学新聞」一九八四年五月二〇日号）

麦秋のころ

谷むこうの山を飾っていた白い朴《ほお》の花がいつのまにか終わり、世界はいちめんの濃緑となった。

裏山のてっぺんにある畠《はたけ》の麦も黄ばみはじめた。むかしは今ごろはどこも金色の麦の秋だったが、このごろは新幹線の窓から、たまに見かけるくらいである。「麦の秋」という季語は、すべての日本人にとって、はるかな郷愁の風景となっていくようだ。

そんな明るい麦秋のころ、小学生だった私は、いく夜も怖い夢にうなされたことがある。外で遊んで帰ってくると、我が家がなくなってしまう夢である。途中で道に迷って、やっとのことで家への長い石段を見つける。それを登り切って右へ曲がると、そこが入口のはずなのに、その途端、見知らぬ家に変わってしまうのである。私はまたあてもなく家を探し、何度でも同じことを繰り返さねばならない。

深層心理学者なら、夢の原因をいろいろ分析するかもしれないが、そのような心理学的要因は何も思い当たらない。気弱な子どもであったが、父母の慈愛に恵まれて、毎日平和に暮らしていたのである。私はいったい、何におびえていたのだろうか。

あれは気弱な少年の他愛ない夢だったのではなく、人間がこの宇宙の中に在ることの真実に触れていたのではなかったか、と今日の私は思う。人間は昼間は皆同じ世界に住んでいるが、夜の眠りの中では別々の世界にいる、と言ったのはヘラクレイトスである。中国浄土教の善導《ぜんどう》は、われわれは、霊的宇宙を始めも終わりもなく生死流転《しょうじるてん》している迷いの凡夫《ぼんぷ》だと言う。この自己はどこから来て、どこへ行くのか。

まもなく杉山で今年の時鳥《ほととぎす》が啼《な》くだろう。夜の意識の皮膜をはがすようなあの声は、「世界は深い、昼間考えているよりも深い」というニイチェの言葉を思い出させる。


（「読売新聞」一九九七年五月二八日号）

「戦後」を問い直す

「宗教」を名乗るひとにぎりの集団（「オウム真理教」）が、いま日本中に大きな社会不安をもたらし、国際的な問題にもなっている。

現代の日本は、世界中でも世俗化が最も進んだ非宗教的な社会だということはしばしば言われる。永らく人類の文化や生活を規定してきた仏教やキリスト教などのいわゆる「世界宗教」の真理がだんだんと見失われてゆく世俗化は、近代社会一般の傾向であって、とくに日本だけに限ったことではない。ただ、わが国の場合はそれがあまりにも極端だと思う。とくに都市生活者にとっては、宗教はほとんどその存在すら気づかれないようなものになってしまっている。

その極度の非宗教性に安住してきたわれわれの社会が、他ならぬ「宗教」と称する集団から、いきなり挑戦を受けたのである。社会犯罪に対しては、その一刻も早い法的解決が望まれることはもちろんである。しかし、同時にたんにそれだけでは片づかない性質の問題ではないだろうか。人間の文明や生活の基礎をなすものは本当の宗教であるのに、そのことを真剣に考えることを怠けているわれわれの社会の慢性的な体質というものが、改めて露呈したのではないかと思う。

戦後の五十年というものをどのように見たらよいか。政治や経済のレベルではなくて、もう少し基礎的な、精神史の位相で見たらどうなるか。

戦前戦後を通じて日本社会は、真の宗教ではなく、その代用品にすぎない疑似宗教をいろいろと経験してきたように思われる。いろいろな新興宗教や新々宗教のことだけを言っているのではない。一時的にすぎないもの、相対的なものが神聖化、絶対化されたということを言うのである。

明治時代から第二次大戦が終わるまでは、天皇崇拝にもとづく政治的な国家神道がすべてを支配した。敗戦によってこの疑似宗教は崩壊したが、それがすぐに本来の宗教の復権をもたらしたわけではない。むしろ新式の疑似宗教が、これにとって代わっただけだ。

まず、新憲法というものが国家や文化そのものの基礎理念とされた。宗教は信教の自由をいう憲法条文の中に位置づけられたが、憲法そのものを基礎づけるところの根本理念は何かということは、決して問われなかったのである。西欧やアメリカの憲法はキリスト教の宗教理念を土台石としているが、日本憲法にはそんな土台は何ひとつない。憲法そのものが、すべてのものの土台となっているのである。憲法という相対的なものを絶対化することは、疑似宗教の一種と言わねばなるまい。

他方では、社会主義をユートピアとする左翼イデオロギーも疑似宗教の役目をつとめ、狂信的なグループを生み出したこともある。高度経済成長とか国民所得の倍増とかいうことが、人間生活の最終目的であるかのように信ぜられた時期もある。

要するに、われわれは、さまざまな仕方で、相対的なものを絶対化しようとしてきたのである。疑似宗教がつぎつぎに姿を変えて登場しては、退場を余儀なくされたわけである。

今は何がわれわれにとって神聖なものとなっているのだろうか。それは「生命の尊厳」という言葉ではないかと思う。戦前および戦中の天皇崇拝を中心とする政治的宗教による生命軽視の風潮への反動もあって、生命の尊厳は、現代日本人の合言葉の第一になったようである。その他の問題については意見が食いちがっても、いのちは大事だという点では、にわかに人びとの意見は一致するのではないか。

何年か前、過激派のハイジャック事件があったとき、人質を取り戻すために、相手の要求をのんで政治犯を釈放することを決めた首相は、「個人のいのちは地球よりも重い」という言い方をしたことがある。生命尊重は、今日の日本では、論議を要しない暗黙の了解事項となっているわけである。

しかし、生命の尊厳ということは、決して自明の了解事項たりえないのではなかろうか。生命とは何であり、尊厳とは何を意味するのか。現代日本の生命論の多くは、この大切な問いを忘れているように思われる。

個人のいのちをして地球より重いものたらしめているゆえんのものを見つけない限り、いくら生命の尊厳といっても、実は、死にたくないという個人的な心情を言い換えただけである。しかし、死にたくないという執着心と生命の尊厳の自覚とはちがうと思う。

生命の尊厳を本当に自覚するためには、生命とは個人以上のものだということを知ることが必要であろう。個体が生きているということの真相は、個体を超えた大きな生命が個体を通過しているということではないか。いのちは個人のものであって、死ねばそれきりという考えからは、真の生命の尊厳は出てこない。世界宗教が「神」や「仏」の名で呼んできたところのものは、要するに大きな生命に他ならない。そういうものへの覚醒が、今日最も大切なのではないか。

（「サンケイ新聞」一九九五年四月二二日号）

ドイツ留学の思い出——ガダマーとの出会い

筆者が文部省の在外研究員としてハイデルベルク大学に滞在したのは、一九七一年の九月初めから翌年の八月末までである。ハイデルベルクを留学先に選んだのは、すぐれたフィヒテ研究書『フィヒテの根源的洞察』(Fichtes ursprüngliche Einsicht, 1966) を書いたディーター・ヘンリッヒが教授として教えていたのと、ハイデッガーの高弟で、解釈学の発展に重要な寄与をした『真理と方法』の著で有名なH・G・ガダマーが、引退後もやはり講義をしていたからである。滞在中はこの二人の先生にとくにお世話になった。

ヘンリッヒ教授の自宅は、ハイデルベルク城の裏の森閑とした山道を、折々眼下に見えるネッカー河に沿って川上へ三十分ばかり歩いたところにあった。筆者はこの山道が気にいったので、お天気のよい日はゆっくり歩いて訪問した。晩秋の落葉は実に壮観であった。十一月初め、チュービンゲンから来訪した立教のF教授を案内してヘンリッヒを訪ねたことがあるが、その日の落葉の量はたいへんなもので、われわれの靴を埋めたその落葉の黄色と乾燥した強い匂いを、筆者はいまだに憶えている。春になると、行く手の道を突然雉子がばたばたと横切ったりした。暗いタンネンの森から不意に現れた樵夫に出会うこともあった。

ヘンリッヒ教授はその著作から想像されたように、頭のよい、自信に満ちた、いくぶんクールな、しかし慇懃な学者として印象づけられた。「地球の裏での困難な最初の時期を運命と勇気とで乗り切られたい、言葉のことは心配せずともよい、最悪の場合は手まねでやろう」という手紙をもらった翌日、さっそく到着の挨拶に行った。庭に出て話すかそれとも書斎の方がよいか、好きな方を選んでくれ、と改まってわざわざ尋ねたりした。大きな二間続きの部屋の両壁を本がぎっしり埋めている。

滞在中はどういう予定かと聞くので、この機会に自分のフィヒテ研究をまとめたいと思っていると言うと、さっそく新しい文献をいろいろ出してきて見せてくれた。几帳面な性格らしく、筆者がそれらの書名を手帖に控えるのを待つようにして、それらをつぎつぎ本棚に戻してゆく。フィヒテ研究者としてはミュンヘンのラウト（R. Lauth）とケルンのヤンケ（W. Janke）の二人が卓越していると言う。ヤンケの本は前から知っていたが、ラウトの仕事はこのとき、ヘンリッヒを通して初めて知らされた。ラウトのいくらか熱狂的な超越論主義（とくにハイデッガーに対する批判）は問題であるが、フィヒテ解釈におけるそのいくつかの新鮮な視角によって、筆者は少なからず啓発されたと思っている。

ヘンリッヒ自身の関心は、このころはフィヒテよりもカントやヘーゲルに移っていたので、フィヒテに関する限り、氏との対話からはこのときもそれ以後も、とくに得たものはなかった。これは別な折であったが、「フィヒテは同国人にとっても極めて難解だとガダマー先生は私に語ったが、あなたはどう思うか」と聞くと、「その通りだ、そしてそれは、フィヒテの知識学が言語表現におけるラテン的正確さが失われようとする極限までゆこうとするからだ」と答えたことがある。またある時、ヘンリッヒはドイツにおけるフィヒテ研究の状況を「フィヒテ・ルネサンス」というふうに表現した。しかし、これはヘンリッヒのやや誇張した見方であったらしい。講師をしていたフルダ（H. F. Fulda）というヘーゲル研究家（この人は間もなくハイデルベルク大学の教授になった）は、そんなものはないと言下に否定したからである。

フルダという学者はいろいろな点でヘンリッヒ教授とは対照的で、いかにも実直で親切な人であった。筆者の住居の近くに住んでいたが、自分は子どもが多くて家では仕事ができないので、毎日研究室へ出かけるのだと言っていた。ラウトの弟子のウィトマン（J. Widmann）が書いた『一八〇四年の知識学』に関する詳細な研究書（これはラウトに提出した博士論文である）を筆者はフルダ氏から借りてコピーしたりした。この人はカンはそれほどよくないようで、筆者の Kurfürstentum（選帝侯国）という発音が、何べんやってもとうとう判らずじまいで、字に書いてやっと意が通じたことがある。もちろんこちらの発音が悪いからではあるが、それでもヘンリッヒは二度目に理解した。ドイツ哲学界の現状は、いくつかの哲学的選帝侯国の割拠にたとえられないか、と筆者が訊《たず》ねたときのことである。ヘンリッヒは大笑いしながらこれを肯定したが、一方また、それは今日の哲学世界全体の傾向ではないかとも言った。

ハイデルベルク大学の哲学科の建物は、ちょうどイエズス会教会の真横にあるので、夕方の講義は殷々たる鐘の音でしばしば聞きとれないことがあった。ヘンリッヒは夏学期にはヘーゲルの『論理学』を演習のテクストにした。夜八時からは、「弁証法について」というセミナーを、フルダ、トイニセン（M. Theunissen）などの教授たちと共同でおこなった。ヴィンデルバント、リッケルト、クーノー・フィッシャー、ラスク、トレルチ、ヤスパースなどの歴代教授たちの写真が周囲の壁にずらりと並んでいる演習室の一番後ろの方には、カントの胸像が立って教壇の方を見ている。

あるセミナーの討論の折、カントの教説をヘンリッヒに向かって長々としゃべった学生がいたが、彼の席はちょうどカントの胸像を背に負う位置であった。しばらく黙ってこれを聞いていたヘンリッヒは、「まるでカントの講義を聞いているみたいだ」と言って皆を爆笑させた。

夜八時に始まったセミナーは十時までの予定をしばしば超過して、議論が白熱すると十一時近くになることもある。終電車のなくなったハイデルベルクの町を歩いて帰るとき、たいていフルダ氏が一緒であった。この人は、先年ヘンリッヒと共に編集した Matelialien zu Hegels Phänomenologie des Geistes をわざわざ送ってきてくれた。

ヘンリッヒ教授の前任者のガダマー教授は、ハイデッガー以後のドイツ哲学界を代表する一人で、まだセミナーを持っていた。冬学期には「解釈学の問題」と題する講義と演習、夏学期には「美学の問題」という講義と詩論に関する演習をおこない、大勢の学生を集めて人気があった。

ガダマー教授は鋭い眼をした重厚な碩学《せきがく》であった。小児麻痺のため足が少し不自由だが、それでも若いときからテニスもやってきたという話である。セミナーのあとで自己紹介すると、では私の研究室へ行こうといって案内してくれた。フィヒテ研究者としては、ケルンのフォルクマン・シュルック (Volkmann-Schluck, K. H.) の名をあげた。この人はヤンケの先生にあたり、ヤンケは自分の『フィヒテ』(Fichte Sein und Reflexion-Grundlagen der kritischen Vernunft, 1970) が、ケルン大学におけるフォルクマン・シュルックのフィヒテ演習に多く負うている、と書いている。

ガダマー氏はやがて日本の学者たちの思い出話に移り、昔、自分がマールブルク大学のハイデッガーの学生だったころ、日本から多くの留学生が来ていたが、いま名前が思い出せないと言う。九鬼周造などかと問うと、どうも違うらしいので、それでは三木清かというと、「そうだ、三木だ」と言って膝を叩いた。三木とはマールブルク時代とくにpersönlichな交際をした、と懐しそうな顔をした。そして、三木はある時、ヨーロッパの秘密はフィヒテの思想の中に隠れているのではないか、と語ったことがあるとも言った。

ガダマーの自宅は、ハイデルベルクの少し上流のティーゲルハウゼンという小さな町にある。ネッカー河を隔ててちょうどヘンリッヒの家の対岸にあたるわけである。ベネディクト派に属するノイブルク修道院が近くにあり、あたりは一面の林檎畑と牧場である。四月に入り、牧草が恐ろしい勢いで青んでくるころ、この修道院は白い林檎の花の重囲の中に陥るのであった。

ガダマー氏は現職を退いている関係もあってか、筆者の滞在中、何かと積極的な助言を惜しまれなかった。最後にお宅を訪問したのは、帰国を数日後に控えた八月末であった。この日は朝から冷たい雨で、ガダマー家の門には紫陽花がまだ咲き残っていた。ガダマーはもう休暇に入っているはずであったが、それでも待っていてくれた。書斎は地下室にある。地下は静かでよいから、ここで仕事をするのだと言う。壁にはデューラーの銅版画「騎士、死神と悪魔」の複製がかかっている。

まず、あなたもヘンリッヒもフィヒテ哲学はたいへん難解だと言われたが、その理由はどこにあるのかと質問する。ガダマーはしばらくじっと考えていたが、その問題はギリシャに哲学が始まったのはどうしてかという問題と同じだと答えてから、西洋哲学史の流れを長々と説き出して、ドイツ観念論はラテン的精神とドイツ神秘主義の綜合だと言った。フィヒテ後期の「絶対者」を言いあらわすLeben（生命）やSein（存在）を動詞的に受けとることが重要だと思うがと言うと、すぐに賛成し、ハイデッガーの場合でもやはりそうだと言った。ハイデッガーの言うSeinが客体や実体でないことをしきりに強調するのである。一体、ハイデッガーという人は、根本の立場においてフィヒテに案外近い、少なくともフィヒテのようなところから出発している。両者の類似は知識学の前期から後期への転回と、ハイデッガーのいわゆるKehreとの間にもよく示されている、というようなことも言った。

おしまいに、将来の人類世界を救いうるものは哲学だと考えるかと質問すると、Ja!と力強く答えた。文化や民族の特殊性というものから離れにくい宗教の立場では、この問題は解決されえない、哲学の持つ普遍性というものが唯一の方途だと思う、たとえば君と私との間にでも現にいまこのように交通が成り立っているではないか、と言って微笑し、一息入れようかと言って、本棚においてあるコニャックを出してすすめてくれる。またドイツに来たときお会いしようと言いながら紫陽花の雨の門まで見送ってくれた。

（「創文」一五二号・一九七六年七月）

春隣のハイデルベルク

「春隣」は好きな季題の一つである。手もとにある虚子編の『新歳時記』を見ると、つぎのような解説がついている。「梅や椿は蕾に紅を見せ、将に動かんとする大きな美しい春が隣り合せになった、その季節なり感じなりをいふのである」。「待春」がより主観的な心持ちをいう季題であるのに比べて、春隣はもっと客観的な感じである。

「春隣」における自然的時間はもちろん冬である。しかしそれは、春を未来として待つ感じではなく、春が未だない仕方でしかもすでに来ているという構造をもっているのである。それは「春近し」ということであるが、この場合の近さは、相対的な近さではない。むしろ春は未だどこにもなく、春はどこまでも遠いのである。その遠い春がしかも、その遠さのままで現在に来ていることが「春近し」の本質である。

ヨーロッパで暮らしたころ、私は季節感の稀薄さにもどかしい思いがしたが、この「春隣」だけは例外的に経験したのを覚えている。この感じを私に触発したものは、桜や椿の紅蕾ではなく、実は太陽の明るさだった。

ハイデルベルクはドイツではそんなに北ではないが、それでも樺太のちょうどまん中あたりの緯度だから、クリスマスのころの曇った日は気が滅入るほど暗い。「美しき五月」には華麗さを誇る美しい古城も、今は別人のようで赤茶けた陰鬱な表情をして、零下十度の寒気の中に、ハイデルベルク大学の真上に乗しかかるように聳《そび》えている。太陽は八時半にやっと昇って、地平を這うように西に移り、四時半には確実に沈んでしまう。

その太陽が戻ってくるのである。一月下旬のある晴れた日、それは今まで見たことのない明るい光度のランプのように、金属的な冷気に包まれた透明なハイデルベルクの町を照らした。山々の樅の森には未だ樹氷が輝き、ネッカー河の両岸は凍っている。書斎の窓辺の木に巣を作っている黒い鳥はアムゼルである。

これら一切の上に太陽は近迫しつつあった。それは日増しに高く昇り、明るい南に対するドイツ民族の熱い憧憬に応えるかのように、全速力で戻ってきた。ハイデルベルクの春隣は、アルプス連峰の南へ行っていた太陽が、ふたたび北の土地、アーベントラントへ踵《きびす》を返さんとする瞬間に投げる、明るい春のイマージュである。

（「青」二六〇号・一九七六年五月）

蘇える日々——西谷啓治先生を悼む

さびしい正月であった。西谷先生が逝かれて今日がちょうど四十九日である。心もち明るくなった新春の日ざしの中に、今年はいつもより早く花をつけた水仙が香っている。

先生を悼む文を書こうとして机に向かうのだが、私はまだ先生がもうこの世に居られないという現実に充分馴れることができない。不思議な病気に罹って回復し切れない、頼りない病人の心持ちだとでも言ったらよいか。

相国寺山内でのご葬儀がすみ、それから一カ月経った日、ご自宅にいく人かの人びとが集まって宗教学研究室だけのしめやかな教室葬が行われた。まだ新しい遺影の前で、私たちはあらためて先生を哭した。

大いなる短日の訃の到りけり　あきら
落葉降る中なり何を恃まんか　同

強い光芒を曳いた巨きなものが、宇宙の彼方へ飛び去って見えなくなってしまった。私の人生においてかけがえのなかった師をとうとう失ったのだということを、今こそはっきりと思い知る。寂寥があるばかりだ。

私ごときが言うまでもなく、西谷先生は日本だけでなく現代世界におけるもっとも根源的なDenkerの一人であった。その思索はしかし、悪戦苦闘のいとなみというものではなかった。比類なき威力と繊細を兼ねそなえていたが、同時にまたどこか、悠々たる遊びに似たような趣きがあったと思う。ものを考えることの自由を先生ほど楽しんでいた哲学者は稀れではあるまいか。

このことを私はとりわけ、書斎で語られるときの先生に感じた。先生との対話はいつも楽しかった。非常な緊張の中でではあったけれど、私は、この希有なDenkerと真理への問いを共有しているのだという明るい幸福感に充たされていたように思う。

先生の形見となった色紙や手紙や写真を置いた机でこれを書いている。たくさんな思い出の中でとくに二つの言葉が鮮明である。あれはいつだったか、先生はこう言われた。

「宗教哲学などをやろうとする者なら、そうだな、まあ片方の足はいつも棺桶の中へ突っ込んでいるようなつもりでないと……」

もう一つはこれより後で、私が四十になったころだったと思う。そのころの私は、夜半に目覚めると死の不安が痛切に襲ってくる経験が多かったので、そのことを先生に申し上げた。しばらく黙っておられた先生はやがて、「それは夜だけですか」と問われて、続いて、「昼間でもその感じがくるようになると、もっとよいだろう」と言われた。

寂寥の思いの中に、ほのぼのと光がさしてくる楽しい思い出が一つある。

一度吉野山のさくらを見たいと言っておられた先生は、昭和五十八年の四月十五日、武藤一雄先生とご一緒に私の宅へお出《いで》くださった。あいにく前夜まで降っていた吉野の雨は、お二人が到着されるころになると、嘘のようにピタリと止んだ。花の梢にのぞく青空を見上げながら、「ついにお出《いで》になったからね」と、先生はかたわらの武藤先生を見ながらおどけるように言われた。

吉野山は文字どおり全山が満開であった。上千本《かみせんぼん》の少し上にある花矢倉の展望台に立たれた先生は、放心したようにいちめんのさくらを見ておられたが、またもっとはるかな何ものかを見ておられるようでもあった。

（「創文」三一九号・一九九一年三月）

さうさうと海あり

西谷啓治先生から初めていただいた葉書には、先生自作の歌が記されている。

生きてあるしるしと今は南《みんなみ》の

空の火の星アンタレスを見る

胃の手術のため京大病院に入院された先生をお見舞したことがあった。それに対する先生の礼状で、歌には「病院での　こしおれ一つ」と前書きがついている。先生はちょうど、今の私の年齢で、私は二十九歳であった。昭和三十三年八月十六日の左京郵便局の消印。蟬時雨の音とともに蘇ってくる遠い日の思い出である。

西谷先生の講座で教えを受けるようになったころから、私は俳句に熱中していた。哲学が専門なのか俳句が専門なのか、わからないような時期もあった。大学院へ進んで先生をご自宅に訪ねるようになってからは、いよいよ俳句の話が多くなった。初めは学問上の質問をするのであるが、お終いはきまって俳論や詩論になった。そのころの私は、高浜虚子に師事していたので、いきおい虚子を讃美することになる。すると先生は、そんな私をひやかすように、「虚子ってほんとに、そんなに偉いかね」と、なかなか挑発的であった。

現代俳句論になると、初めのうちは、「ほう！」とか「僕はよく知らんよ」とか言ってとぼけておられるが、いつの間にか「まあ、いいやね」と言って、足を高々と組みなおされて、自説を展開される。十二時をとっくに廻った深更の吉田山麓の書斎に、先生の議論は時として凄《すご》みを帯びてくることがあった。そういうときの西谷先生には、教室ではお目にかかれないある種の風貌があった。それはいわゆる素顔というようなものではない。まさしく、詩人の無頼とでも言う他ない顔だったのである。

西谷先生とのこのような対話を重ねるたびに、私の身体には俳句の毒がたまっていったように思う。この第一級の哲学者が、俳句という詩をたんなる風流や趣味の事としてではなく、人間存在の重要ないとなみとして理解されていることが、私にはすぐ判った。私が学問と俳句とをどうにか並行する形で今日までやってこれたのは、まったく先生のお蔭である。西谷先生の内なる「詩人」の誘惑のせいだと言っておこうか。

西谷先生の詩的側面を書くためには、どうしても先生がくださったお手紙のいくつかを拝借しなくてはならない。先日、電話でそのことを申し上げたら、「どうぞ君のご自由に」という寛大なお言葉が、受話器の向こうから返ってきた。

「先般は御句集『紺碧の鐘』を有難う。その到来の頃、ぎっくり腰で臥たっきりで呻吟してゐたので、落着いて吟誦するどころではなかったが、近頃回復したので拝読しました。初めから読み出したら未来派の画を見るやうなむつかしさで、自分の旧弊さを感じて来たので、終ひから読み始めました。今度は着想も頗る平明で安心して面白く拝読、そして巻初まで、現在から未来へ溯るやうな気持で読了しました。「さめざめと能登の海あり更衣」といふ句に出会って、其処で生れた自分なら、「さうさうと海あり能登に更衣」となるかも知れんと思ひながら——」

これは昭和五十一年六月十九日、私の第一句集を差しあげた際の先生の葉書である。『紺碧の鐘』という題名は、ニイチェの『ツァラツストラ』の中に出てくるazurne Glockeという語の西谷先生の訳語を拝借したのである。この句集のころの私は、句風の急激な変貌期にあった。先生はそのことを敏感に感じとられていることがわかる。巻初の方から読むとついてゆけないので、巻末から読み始めて初めへ戻った、というあたり、西谷先生の面白躍如たるものがある。しかしそれよりもっと大事なのは、私の能登の作に対して、先生が「さうさうと海あり能登に更衣」とやっておられるところである。私のは旅吟であるが、先生の作は望郷の句である。この二つの差異の問題について、私は今でも真剣に考えさせられることがある。『西谷啓治著作集』の『月報』3の佐々木徹氏の文章によると、「そうそうと海あり能登は君が生れ君が一生《ひとよ》をすごせしところ」という西谷先生の歌の色紙が、宇出津の記念館にあるとのことである。さきの葉書の句とどちらが先の作かはつまびらかではないが、いずれにせよ、先生の詩的燃焼の持続を思わせる。

つぎの葉書は第二句集『鳥道《ちょうどう》』（昭和五十六年）に対する先生の礼状である。

「何時か御句集『鳥道』を頂き、次いで『鑑賞現代俳句全集』第一巻をも頂きました。いづれの御作も大変力作と感じたのですが、扨て御礼の手紙をと思つたら、『鳥道』が何処へ行つたか跡形もありません。流石は『鳥道』だと感心したものの困ることは困つて方々探しましたが、どこの藪（書物や書き反故の）の奥へ隠れたのか。明朝上京するので不取敢先づ御礼のみ申し上げて置きます。御句の方は大きさの感じが出て来て感心しました。いづれ帰つてから。六月十日夜」

ところが一年ほどたった夏のある日、先生からまたつぎのような楽しい葉書が舞い込んだ。

「暑中如何が？　この間部屋部屋の整理をしてゐたら、思ひもかけぬ所から突然『鳥道』が出て来ました。それで、やれやれと安心して整理を続けてゐたら、また見当らなくなりました。なるほど『鳥道』だけのことはあると感心してゐます。」

（『溪聲西谷啓治上』燈影舎、一九九二年一一月）

ゲーテの詩の前で

ドイツのデュッセルドルフに、仏教伝道協会によって設立されたドイツ「恵光」日本文化センター（通称「恵光ハウス」）がある。本堂は浄土真宗本願寺派形式の阿弥陀堂であるが、仏教を中心にした日本とドイツとの文化交流の活動を幅ひろくおこなっている。

その「恵光ハウス」に三年前からドイツ、オーストリア、スイス、ベルギーなどに住む浄土真宗の外国人僧侶や信者たちのセミナーが生まれて、それに昨年も出講した。浄土真宗はヨーロッパにはまだあまり知られていないが、それでも今日、本当に宗教的な生き方を求めているヨーロッパ人たちの心に、少しずつ浸透していることがわかった。しかし、これから書くのは、そのことではなく、ゲーテ美術館でたまたま出合ったゲーテの詩についての感想である。

デュッセルドルフ市の北にひろがる広大なホーフガルテンの一角に、バロック様式の優雅なゲーテ美術館がある。「ファウスト」の自筆原稿をはじめ三万五千点を超える収蔵品はとても一回では見きれないので、今回もやはりここを訪れた。「色彩論」のためのスタジオの壁に、大きな字で掲げられたゲーテの詩句の前で思わず立ちどまる。つぎのような詩である。

もしも、眼が太陽に似たものでなかったら、どうして眼が太陽を見ることができよう
もしも、われわれの内に、神自身の力がなかったら、どうして神的なものが、われわれを歓喜させることができよう

一八〇五年に書かれたこの有名な詩は、むろん若いころから知っていたが、このたび私は、とつぜん新しい感動に見舞われた。この詩を永年、まちがって解釈していたことに気づいたからだ。

これまで私は、この詩に人間の能力を神的なものにまで上げようとするゲーテを読んできた。しかしこれはまったくの思いちがいであった。ゲーテは人間は神に近いと誇っているのではなく、人間の力では決して作り出せない力が、人間にもとから恵まれていたのに驚いたのである。これは、親鸞聖人の浄土真宗が如来の本願力の「廻向《えこう》」と呼ぶ事柄に、たいへん近い真理を言っているのではないか。

われわれが太陽を見たり、いろいろな物を見るのは眼があるからだと誰でも言う。しかし、その視力はいったいどこから来たのかという問いは立てようとしない。馬鹿なことを聞くな、それを持っているのが人間というものだと言うだけである。しかしこれは、自分が作ったものでもない物に対して所有権を主張していることではないのか。

ゲーテのこの詩は、そういう自己主張をしていない。われわれの眼の内に、われわれを超えた力が与えられているものが、われわれの眼だと言うのである。その力は眼の内にあるけれども、われわれが自力で作ったものではない。それは、大いなる自然からわれわれに贈られた不思議な力である。その贈り物の力がなかったら、われわれは決して太陽を見ることなどできない。人間が神とつながり、神を喜ぶことができるのは、ひとえに神の贈り物のお蔭だ、と言うのである。

そうするとこれは、浄土真宗における如来の他力廻向の思想と非常に似ているように思う。一切の衆生が往生成仏できるのは、十劫の昔に正覚をとった阿弥陀如来が、南無阿弥陀仏の名号となって、現に今このわれわれのところにとどいているからだ、と親鸞の浄土真宗は説く。弥陀の名号《みょうごう》はゲーテが直観した、われわれの内なる神の力にあたる。

ゲーテと親鸞がまったく同じだなどと乱暴なことを言うつもりはない。しかし、両者がまったく無縁と思うのは、固定観念や狭いドグマの枠の中から見るからではなかろうか。この種のドグマは、これまでの真宗教学の側にも近代文学研究の側にもあるように思われる。

無碍光仏のひかりには
無数《むしゅ》の阿弥陀ましまして
化仏《けぶつ》おのおのことごとく
真実信心をまもるなり

一々のはなのなかよりは
三十六百千億の
光明てらしてほがらかに
いたらぬところはさらになし

親鸞のこれらの和讃を見ると、弥陀一仏への信心は偏狭な一神教の立場ではないことがわかる。阿弥陀は決して一つの形だけに固定せず、変幻自在、いろいろな化仏の形をとる。花や鳥になり、山川草木、日月星辰になり、人になり神々になって、十方衆生の一人も捨てないという広大無辺な慈悲を知らせようとする。

「自然」ということは親鸞とゲーテの根本語であった。ゲーテの『西東詩集』の中には、東の国から自分の庭に移植された銀杏の詩があって、二つのものが二つのままで一つだというゲーテの世界直観が詠われている。昨年のドイツの初冬は珍しく暖かい日が続き、「恵光ハウス」は降りしきる美しい銀杏黄葉の中にあった。

（「在家仏教」一九九八年四月号）

みちのく――賢治と啄木

七月の初め、久しぶりにみちのくへ行った。ちょうど梅雨の中休みのときで、湿気がまるでない爽《さわ》やかな晴天にめぐまれた。ヨーロッパの初夏によく似た涼しさが、霊魂にまでしみ透るような心地であった。花巻と盛岡では、宮沢賢治と石川啄木ゆかりの場所をあちこち訪ね、盛岡市紺屋町にある「釜定工房」という南部鉄器の老舗にも立ち寄った。去年のさくらの時分、釜を作ってもらった店である。

不来方《こずかた》のお城の草に寝ころびて
空に吸はれし十五の心

病のごと思郷のこころ湧く日なり
目にあをぞらの煙かなしも

啄木の歌碑や賢治の詩碑の前に佇むと、何十年も会ってなかった旧知の人に、とつぜん再会する思いであった。ずいぶんと永いあいだ、二人の作品を読んでこなかったわけだ。啄木にしても賢治にしても、痛ましいくらい孤独で短い一生を、ひた急ぎに駈け抜けていったような詩人である。本当の詩人というものは、古今東西どこでもみな孤独なものであるが、この二人の場合はまた、特別な気がする。物質的にむくわれなかっただけでなく、その芸術の真価も、必ずしもそれにふさわしい仕方では決して評価されなかったのである。二人の詩歌が今日放つところの燦然たる光芒は、そういう底しれない不幸の生涯と引きかえに購《あがな》いえられたところのものである。本物の詩人というものの持つ宿命的な孤独、異界からやって来た存在の、どうしようもない孤独を思うばかりであった。

宮沢賢治に対しては、しばしばその作品の持つ宗教性が指摘され、「信仰の詩人」というような言い方がされたりする。しかし、ただそのような一般的な理解だけで足れりとせず、もう一歩踏み込んで、この詩人における芸術と宗教（仏教）との関係に思いを集中したら、どうなるだろうか。賢治にあっては、その芸術と仏教とは、たとえば西行、良寛、一茶などの場合のような幸福な共存や調和の関係にはない。その詩が本質的にふくむ一種の宇宙経験は、その他の日本の近代詩人たちのヒューマニズムの域をはみ出すものである。他方、その信仰は既成の宗派仏教としての浄土真宗や法華宗の枠をはみ出している。賢治の個性の内で仏教と詩とは共に、それぞれの発生状態に還元され、激しい放電現象を繰り返すような仕方で出会っているように思われる。賢治が生家の浄土真宗を捨てて法華経信者に改宗したというような外面的な見方は、この詩人の深部に本当に起こっていたものについて、何を言ったことにもなるまい。宗教と詩との関係は、賢治の場合は、今もって究明にあたいする深い謎であろう。

賢治は熱心な浄土真宗の家庭に生まれ、すでに四歳のときには『正信偈《しょうしんげ》』や『御文章《ごぶんしょう》』（『御《お》文《ふみ》』）をそらんじていたと言われる。十歳のころからは、父の政治郎らが運営した花巻仏教会夏季講習会に参加し、暁烏敏《あけがらすはや》、多田鼎《かなえ》、島地大等らの講話を聞いた。盛岡中学三年のとき、父に宛てた書簡の中には、「歎異抄の第一頁を以て小生の全信仰と致し候。……仏の御前には命をも落とすべき準備充分に候」というような言葉が見られる。たしかに現代ではもはや見られない他力信心の濃密な空間が、賢治をとり巻いていたことがわかる。

しかし、そういう境遇にあったからといって、少年の賢治の魂が真の他力信仰によって生かされていたかどうかはわからない。少なくとも、これらの言葉は、すこぶる自力的な浄土真宗の告白のように思われる。まもなく『法華経』との出合いが起こる。大正三年、十八歳の賢治は、島地大等編の『漢和対照　妙法蓮華経』を読んで激しい衝撃を受けた、と年譜は記している。それ以来、父への改宗要求、東京の国柱会入会など、法華経への傾倒のさまざまな言動は、よく知られているところである。

しかし、他力信心の立場から法華経への転向というものが、果たして賢治の内面的事件として、本当にあったのだろうか。私にはこれは大いに疑問である。宗教経験として見るならば、詩人宮沢賢治は、初めから終いまで、いわゆる自力聖道の仏教世界に親しんでいたように思われる。その遺言が示しているように、賢治は人間のはるかな理想としての菩薩道の実践に深く共感し、このために苦しみ抜いた現代日本に希有な詩人だったのである。

青い夏空に岩手山が聳え、北上川が静かに流れている。かつて賢治がそこから自らの詩魂に充電したみちのくの山河は、今日の旅人である私にとっても、生き生きと美しい。そんな見事な風景に見入っているとき、ふと口をついて出てきたのは、「春と修羅」の中のつぎの有名な一節であった。肋膜炎《ろくまくえん》で中学を休学していた十四歳の私を戦慄させた詩句である。

ああかがやきの四月の底を
はぎしり燃えてゆききする
おれはひとりの修羅なのだ

（「俳句研究」一九九九年一〇月号）

Ⅱ 花

無常と永遠と――「白骨の御文章」にふれて

生死無常の真理

蓮如《れんにょ》上人の『御文章《ごぶんしょう》』(『御文《おふみ》』)の中で、世間に一番よく知られているのは、おそらく第五帖第十六通の「白骨章《はっこつしょう》」であろう。浄土真宗の通夜の席ではたいてい読まれるから、門徒でなくとも知っている人は多い。井伏鱒二の『黒い雨』という小説には、原爆投下後の広島の惨状の中での葬式のとき、誰かがこの『御文章』を読む印象的な場面があった。

「白骨章」はその他の多くの『御文章』のように、浄土真宗の信心や教義について説明したものではない。ただ、生死無常《しょうじむじょう》、世間無常が人間の容赦ない明白な現実であることを述べ、そういう人生を本当に生き抜くためには、必ず救うと誓われた阿弥陀仏を信ずる念仏以外に、どんな途《みち》もありはしないという真実を説いているだけである。無常についての見解を述べたのではない。無常という激しい裸の事実をつきつけたのである。阿弥陀仏について説明しているのではない。阿弥陀仏とは、われわれのこのはかない命が、今すでにそれに支えられているところの大いなる生命にほかならないという、疑うべからざる真理を述べたのである。

　この世で終わる五十年百年の個体の命、わがものと思っている命は、本当の命ではない。阿弥陀仏こそわがいのち。――この永遠の真理を、いかなる幻想や観念をも混じえることなく、ひたむきな直線のような言葉で言い切ったのがこの『御文章』である。

　それ、人間の浮生《ふしょう》なる相をつらつら観《かん》ずるに、おほよそはかなきものはこの世の始《し》中終《ちゅうじゅう》、まぼろしのごとくなる一期《いちご》なり。さればいまだ万歳《まんざい》の人身《にんじん》を受けたりといふことをきかず、一生過ぎやすし。いまにいたりてたれか百年の形体《ぎょうたい》をたもつべきや。われや先、人や先、今日ともしらず、明日ともしらず、おくれさきだつ人はもとのしづくすゑの露よりもしげしといへり。されば朝《あした》には紅顔《こうがん》ありて、夕《ゆうべ》には白骨となれる身なり。すでに無常の風きたりぬれば、すなはちふたつのまなこたちまちに閉ぢ、ひとつの息ながくたえぬれば、紅顔むなしく変じて桃李《とうり》のよそほひを失ひぬるときは、六親眷属《ろくしんけんぞく》あつまりてなげきかなしめども、さらにその甲斐あるべからず。さてしもあるべきことならねばとて、野外におくりて夜半の煙となしはてぬれば、ただ白骨のみぞのこれり。あはれといふもなかなかおろかなり。されば人間のはかなきことは老少不定《ろうしょうふじょう》のさかひなれば、たれの人もはやく後生《ごしょう》の一大事を心にかけて、阿弥陀仏をふかくたのみまゐらせて、念仏申すべきものなり。あなかしこ、あなかしこ。

『平家物語』と『方丈記』

無常についての表現は必ずしも蓮如上人の独創ではないかもしれない。たとえば、「もとのしづくすゑの露よりもしげしといへり」までの文章は、『存覚法語』に引く後鳥羽上皇の『無常講式』からの引用であるとのことである。「朝には紅顔ありて……」には『和漢朗詠集』の影響があるとも言われている。しかし、かりに語句はよそから借用されているとしても、全体を貫く根本精神はまぎれもなく蓮如の独創たることを失わない。それは、人生無常についての一切の悲嘆や詠嘆を捨てて、無常そのものを直視しているからである。

いったい、中世以降の日本の隠遁者や文学者は、好んで無常について語っている。しかしそれらはみな、無常を世界と人間のあるがままの真理として受けとらずに、無常感という心情、哀感として受けとってきたのである。「祇園精舎の鐘の声云々」という有名な『平家物語』の場合は、その典型である。これは、無常を他人事のように自分の外に眺める態度である。この傾向はつぎのような『方丈記』の有名な語句にも見られる。

ゆく河の流れは絶えずして、しかももとの水にあらず。よどみに浮かぶうたかたは、かつ消えかつ結びて、久しくとどまりたるためしなし。世中《よのなか》にある人と栖《すみか》と、又かくのごとし。……朝《あした》に死に、夕《ゆうべ》に生るるならひ、ただ水の泡にぞ似たりける。不知《しらず》、生れ死ぬる人、いづかたより来りて、いづかたへか去る。

これは『平家物語』のような無常の詠嘆ではなく、無常の観想、諦観の立場である。しかし、観想もやはり無常というものを自分の外部に眺めている立場である。無常が自分自身に解決を求める焦眉の問題となってはいないのである。『方丈記』の末尾を見るとこれは明らかである。「只かたはらに舌根《ぜっこん》をやとひて、不請《ふしょう》の阿弥陀仏両三遍申してやみぬ」とあるが、こんな念仏は、生死無常を離脱できる何の保証にもならない。生死無常を外に眺める視座があるから、生死を本当に超出する途にも出会えなかったのであろう。

蓮如上人の立場はそうではない。「されば人間のはかなきことは老少不定のさかひなれば、たれの人もはやく後生の一大事を心にかけて、阿弥陀仏をふかくたのみまゐらせて、念仏申すべきものなり」。「白骨章」のこの結語は、人生無常が人間のすべての抵抗や戦略、悲嘆や詠嘆をもってしても如何ともしがたい現実であることを知った人だけが語りえた真実である。いたずらに死を嘆いてばかりいてどうなるというのか。死は悲嘆というような余裕をゆるさない厳しい一大事、真理というものへの目覚めを、万人に対して催促しているのだと言うのである。

それにもかかわらず、今日いちばん人間にわからなくなってしまったものは、まさしくこの無常である。死は最も怖れられていながら、しかも現代人に対して最も深く隠されているのである。今から八十年くらい前、マックス・シェーラーという有名なドイツの哲学者は、現代人にはそれ以前の人類は決して持たなかったような、死に対する異常なまでの拒絶反応がある、ということを指摘した。同じことは、詩人のリルケも『ミュゾットからの手紙』の中に書いている。

むろん、生を愛し、死を嫌うという傾向は、現代人だけに限ったことではない。いつの時代でも人間はそのように生きてきたのである。死を避けることは、人間が生物一般と共有する本能だとも言えよう。ただ、現代人においては、この自然な傾向が極端なものになり、異常な形にまで変わってしまった、とシェーラーは言うのである。高度資本主義社会の発達につれて出現したこの新人類のタイプは、人生に死というものはあってはならない、と内心では考えている。現代日本人もむろん、このタイプに入るのである。

俳人の死生観

昨年の八月十日、江《え》國滋《ぐにしげる》というエッセイストが癌で亡くなった。江國氏はかたわら俳句を作っていた人でもあったので、約半年に及ぶ療養中の作品五四五句が『俳句研究』に四回にわたって連載された。「癌め」と題したその作品の中には、こういう句がある。

残寒やこの俺がこの俺が癌

春のテレビばかタレどもはど健康

死神にあかんべえして四月馬鹿

俺以外みんな仕合せ啄木忌

おい癌め《敗北宣言》酌みかはさうぜ秋の酒

作品価値を度外視して手あたりしだいに抜いたが、要するに癌とのすさまじい闘いのあからさまな記録である。癌に対する激しい憎悪と罵倒、わが身の不運への歎き、そして何よりも死への恐怖といった心情が、遠慮会釈もなく投げ出されている。四回の手術に耐え、ふつうの人なら俳句の意欲もおとろえるかもしれないところを、江國氏は文学への執念を燃やし続けている。この作品について寄稿した梅原猛氏は、癌を告げられてからの江國氏は、文学の鬼、自己観察の鬼となったと書いているが、その通りであろう。

しかし、同時に私は、これらの作品の中に、シェーラーが言う死への異常な拒否の態度というものを感じる。不治の病床にあっても最後まで文学の魂を捨てなかった有名無名の俳人は少なくない。たとえば、正岡子規と川端茅舎のつぎのような作を見てもよい。

首あげて折々見るや庭の萩　　子規

糸瓜《へちま》咲て痰のつまりし仏かな　同

洞然と雷聞きて未だ生きて　茅舎

朴散華即ちしれぬ行方かな　同

いずれも死の直前の作である。これらの作品と江國作とを比べると、作品としての優劣を別にしても、人間の生と死についての見方がたいへん違っているということがわかる。子規や茅舎の作品には、死というものへの異常な拒否の態度はない。死は悲しいが、それを受け容れているところに、どこか明るい光が射している詩である。

これに対して江國氏の俳句は、癌という死神との闘いの姿勢を示している。最後まで句作をやめなかった氏の作家魂は尊敬するが、死というものを人間の敗北としてしか受け止められなかったところが、残念でやり切れない気持ちである。江國氏が辛い病で死んだことを悲劇だと言うのではない。病と死はすべての人のまぬがれがたい運命だからである。ただ、死を受け容れ、これと和解する心境がついに氏に訪れなかったらしいことが、悲劇的だと思うのである。

しかしまた、このように断定してしまうことはおそらく正しくないだろう。私が言ったのは作品の上に見られる限りのことであって、江國氏のもっと深い内奥、自分も知らない心の深みでは、ひそかに死との和解の用意が進行していたのかもしれない。しかし、それが完成するよりも先に死がやってきた。

01110525000

河合隼雄
明恵　夢を生きる
第一回新潮学芸賞
二〇〇〇円
いかに夢を見、いかに生きるか？　夢に対する態度によって、夢も変われば人間も変わる。夢分析の大家が高僧明恵の「夢の記」を解く。　十八刷

菅原信海
日本人の神と仏
日光山の信仰と歴史
二四〇〇円
神と仏が習合する日本人の信仰は如何に形成されたのか。天台の神道の教義と歴史を探り、日光山の民俗文化を例に日本宗教の多様性と重層性を解く。

C・ベッカー
死の体験　臨死現象の探究
二三三〇円
臨死体験について書かれた最高の本の一冊だ（遠藤周作）。マスコミを通じても臨死体験の紹介に務める筆者の日本語による書き下し。　七刷

C・ベッカー編著
生と死のケアを考える
二八〇〇円
社会の崩壊の根底にある「死生観」のゆらぎを問い直す。終末期医療・エイズ・法医学・心理学・教育・宗教などの第一線の研究者12人による論集。

白洲正子
新版　私の古寺巡礼
二〇〇〇円
若狭、近江、熊野など神と仏が混在する魅惑の地を訪ね、日本人の美意識の根源を探る珠玉のエッセイ集。品切の名著に三篇を増補。装幀＝司修　三刷

上田紀行
金融破綻・少年犯罪・薬害エイズ

日本仏教の諸相

伊藤唯真
日本人と民俗信仰
在来の神々と習合し祖先信仰と融合するなかで民衆に受容されていった日本仏教。歴史学・仏教民俗学の観点から日本仏教の諸相を論じる。　二五〇〇円

かくれ念仏研究会編
薩摩のかくれ念仏
その光りと影
三百年間の厳しい弾圧に耐えて生き抜いた、近世薩摩藩の真宗門徒が現代に問いかけるものは何か。その歴史と思想を解明する。写真多数。　一五二四円

奈良女子大学古代学学術研究

養老孟司
日本人の身体観の歴史
二一三六円

森荘蔵ら現代哲学者の心身論批判、さらには西欧の身体思想までを論じた、「唯脳論」以後の代表作。 八刷

養老孟司
カミとヒトの解剖学
一九四二円

臨死体験、霊魂、ニューサイエンス、神など混沌とした宗教世界を鮮やかに解剖する。従来の宗教観を変革させる、過激かつ知的な「脳のお話」。 十四刷

M・ヒーガード作画　清水恵美子訳
「さよなら」を大切な人にいうんだ
一〇〇〇円

身近な人と死別した子どもが、色をぬり、描きこむことで、悲しみを乗り超えられると米国で話題になったワーク絵本。命の実践教育にも最適の絵本。

森岡正博
脳死の人
増補・決定版
二四〇〇円

臓器移植法見直しの論点とは何か。脳死論議の地平を切り砕いた名著に「子どもの脳死問題」など二編を増補。脳死・臓器移植問題を考える必読書。

生命学の視点から

葬送の自由をすすめる会編　山折哲雄 他
シンポジウム タゴールとガンディー再発見
九五二円

インドを代表する思想家であり、現代文明の危機をいち早く警告したタゴールとガンディーの思想に再び光を当て、21世紀の危機を乗り超える道を探る。

宗教哲学の未踏の領域を拓いた全業績・全巻完結
武内義範著作集 全5巻
●巻構成[1]教行信証の哲学[2]親鸞の思想と歴史[3]原始仏教研究[4]宗教哲学・宗教現象学[5]日本の哲学と仏教・随想
A5判・上製函入／揃五九〇〇〇円

禅学研究泰斗の業績を集大成
柳田聖山集 全6巻
各巻に詳細索引と書き下し解題を付す。
第四回配本[3]禅文献の研究(下)
＊既刊[1]禅仏教の研究　二五〇〇〇円
[2]禅文献の研究(上)　二三〇〇〇円
[6]初期禅宗史書の研究　一八〇〇〇円
＊以下続刊[4]臨済録の研究[5]中国仏教の研究
A5判・上製函入・各巻平均八〇〇頁

最新の研究成果

根井 浄
補陀落渡海史
南方の観音浄土を小舟で目指す補陀落渡海。日本宗教史上の謎とされてきたこの特異な習俗の全貌を、多数の新出史料と絵画史料により、初めて解明する大著。一六〇〇〇円

星野英紀
四国遍路の宗教学的研究
古代から近・現代まで続く四国八十八カ所遍路を、実際に巡った人々へのインタヴュー、明治時代の宿帳などから構造的に分析。日本人の民俗と信仰の典型を論じる。九五〇〇円

伊吹 敦
禅の歴史
中国から日本へ伝えられ、独自に発展した禅の歴史を、原典を引かず宗派や教義にかたよることなく叙述。禅の現状や修行・しきたりまで、その全体像を初めて記す。三八〇〇円

中村 薫
中国華厳浄土思想の研究
なぜ、中国では華厳思想と浄土教が結びついたのか。『華厳経』の浄土観を手がかりに解き明かす。一二〇〇〇円

片岡 了《おさむ》
沙石集の構造
全巻を貫く編集原理を、著者無住の仏教観、混乱を極めた鎌倉末期の社会思想から解明した力作論考。一〇〇〇〇円

吉田久一・長谷川匡俊
日本仏教福祉思想史
古代から20世紀末までの日本仏教界の社会福祉活動を概観し、これからの仏教福祉のあり方を探る入門書。二九〇〇円

真鍋俊照
密教図像と儀軌の研究 上・下
曼荼羅などの図像や法具とその作画・製作上の典拠となる儀軌との関係を探る。㊤二一〇〇〇円/㊦二五〇〇〇円

江國氏の連作については数人の俳人たちが感想文を寄せているが、私が言う問題については何も言及していない。長寿時代の今日に、なぜ江國氏だけがこんなに早く死んだかと思うと、神も仏もないのかと恨みたくなる、という弔辞を書いた俳人もいる。人間の死とはいったい何なのか、という問いは問われていないのである。

梅原猛氏だけは、この大事な問題をとりあげて、「おい癌め酌みかはさうぜ秋の酒」という辞世となった句について、こう記している。「この句には敗北宣言という前書が付けられている。この句を作った二日後、江國氏は死んだ。この世では死神の癌と酒を酌み交わすことは出来なかった筈である。とすれば江國氏が死神の癌と酒を酌み交わしたのはあの世であるということになるが、本当に江國氏があの世で仲良く癌と酒を酌み交わすことが出来たかどうかは解らない」(『俳句研究』一九九八年三月号)。

梅原氏がこの文章で言おうとしたことは、要するに宗教の問題である。宗教をもつとは、人間がこの世の生をすべてとせず、永遠の中の一部としてこの世を見るということである。浄土の光をこの世で浴びることだと言ってもよい。浄土をもたない人間の生とは、要するに地獄への道でしかない。蓮如上人の「白骨の御文章」は、すべての人間の生命の根本要求を浄土真宗の用語で説いたのである。

(『蓮如のラディカリズム』法藏館、一九九八年一二月)

俳句を作りはじめたころ

生まれた土地の生まれた家に住んでいる。吉野山に間近い奈良県大淀町増口という村である。

今しくは見めやと思《も》ひしみ吉野の大川淀を今日見つるかも

『万葉集』巻七のこの歌のとおり、大淀の町は、吉野川の青い清流に沿って東西に長く延びているが、そのいちばん上流が増口である。

「増《まし》」という地名のルーツは古代にさかのぼるようだ。『日本書紀』は、雄略二年冬の吉野行幸のさい、「御馬瀬《みませ》」というところで天皇が狩をしたことを誌している。『大和誌』によればこの御馬瀬とは、吉野郡麻志口《ましぐち》村のことである。増口から北へひろがるなだらかな丘陵は、そのころの雄略帝の狩場だったと言われる。むろん村人たちは、そんな大昔のことなど一向に無関心である。それよりも、潮のように寄せてくる深刻な過疎の現実を嘆く。若者たちは少しずつ確実に、村をはなれてゆくからだ。

その増口の村の高処にある浄土真宗の寺に、先祖代々住んでいる。今の庫裡《くり》は百六、七十年くらいだが、山の斜面を開いて建てたためか、だんだんと谷の方へ傾いてゆくらしい。あまり気持ちよくないので、数年前の夏休みに、谷に面した部屋の書物をほとんど、山側の廊下へ移したりした。たまに訪ねて来る人びとは、天井や鴨居を見あげて、なるべく谷の側には坐らない方がよい、などと冗談とも本気ともつかず言う。

老朽してゆくこの古い空間には、なつかしいエーテルのようなものが充満しているような気がする。それに包まれる時の不思議な安らぎは、私には何ものにも代えがたい（要するにボロ寺ということであります）。

初めて俳句を作ったのは、十四歳の時である。旧制畝傍中学の二年の春、風邪をこじらせて肋膜炎《ろくまくえん》になり、学校を一年間休んでしまった。微熱や胸痛に悩まされて、臥《ね》たり起きたりの毎日であった。そんな時ふとしたことで、奥吉野に住む一人の若い僧が、俳句の手ほどきをしてくれたのである。

この人も永らく肺結核の病床にあったから、たぶん病気がとりもつ縁であったのだろう。七草という号のこのホトトギス派の俳人に、俳句を手紙で送っては添削してもらった。返稿が入った分厚い封筒を病床で受けとることはよろこびであった。そのころの句一つ。

ひよどりの来ぬ日さびしや実南天

子規のものを読むようになったのも、そのころだったと思う。父の書架から改造社の布製の『正岡子規集』を見つけてきて、『墨汁一滴』や『病牀六尺』の中のつぎのような文章を知った。「痛くて〳〵たまらぬ時、十四五年前に見た吾妻村あたりの植木屋の石竹畠を思ひ出して見た。」「余は今迄禅宗の所謂悟りといふ事を誤解して居た。悟りといふ事は如何なる場合にも平気で死ぬることかと思つて居たのは間違ひで、悟りといふ事は如何なる場合にも平気で生きて居る事であつた。」「足あり、仁王の足の如し。足あり、他人の足の如し、足あり、大磐石の如し。僅かに指頭を以てこの脚頭に触るれば天地震動、草木号叫、女媧氏未だこの足を断じ去つて、五色の石を作らず。」

「心配しなくても病気は必ず癒ります。私もすっかり元気になりました」という風な手紙をもらって間もなく、七草先生は急に亡くなった。衝撃であった。もちろん句作はそれ切りになった。

病気が快くなり学校へ戻り、やがて戦争が終わった。昭和二十一年だったか、当時すでに「ホトトギス」の虚子選に入選していた同級生がいた。彼が中心になり、畝中俳句会なるものを作り、「芝生」という俳誌を発行した。その最初の句会に、母校の先輩である阿波野青畝氏に来ていただいた。校庭の藤が了り、桐の花が咲いていたことを憶えている。たまたま当時の「芝生」が手もとに残っていて、つぎのような拙作が青畝選に入っている。

桐の花鉛筆の粉を窓に捨つ
苗床の夕べの空の藍は濃く
この庭の瓜の一つに集まる日

畝中は進学をやかましくいう校風だったから、ロクに受験勉強もせず、寄ると触ると俳句の話ばかりしていた私たち仲間は、一種の異端者にはちがいなかった。別に突っぱっていたわけではない。

私たちはいったい何を見て興奮していたのだろう。うまく言えないが、何かひどく濃密な空間があって、そこに途方もなく眩《まぶ》しいものが、さんさんと降りそそいでいたように思う。旧制高校に入学して遠い西国へ行くことになり、この俳句少年時代は終わった。

（「俳句」一九九〇年八月号）

虚子との出会い

八月五日の早朝、「東京の有馬先生からお電話です」という家人の声で起こされた。東大総長はさすがに早起きだな、と感心しながら、受話器をとる。前夜は大分おそかったので、もうろうとしている。

「むかし、『子午線』に俳句雑感、というエッセイを書いて、それについてあなたと『青』で往復書簡をやったことがありましたね。あの頃のことがなつかしくて……」。半分しびれている大脳に、遠い過去からのように朗人さんの電話の声がひびく。とにかくバトンを引きついでくれないと、「俳句郵便局」の企画は頓挫してしまうのだ、という朗人氏の言葉におどされて、寝呆け気分が現実に戻る。すっかり眼が覚めたのは、執筆を引き受ける返事をした後だった。

朗人氏が言った私との往復書簡というのは、「青」の昭和三十一年一月号にのっている。「子午線」に朗人氏が書いた詩とは何か、花鳥諷詠とは何かというテーマをめぐっての、まぶしい青春の応酬である。共産主義社会が来ようが、何が来ようが、生の悲しみと喜び、死の怖れは人間からなくならない。それを詠うのが詩だ、と二十六歳の有馬朗人は書いた。実物の朗人氏と初めて会ったのは、その翌年だった。理論物理学会で京大にやって来た朗人氏と紅葉冷えの東山を歩きながら、俳句の話に熱中したのを憶えている。

その後しばらく遠くなっていた朗人氏との縁が復活したのは、ある年の夏、氏がハイデルベルクからくれた一枚の絵ハガキによってであった。近ごろは山上会館のグリルで、総長公用車の運転手さんを永く待たせたまま、話し込んでしまうこともある。そんなとき、朗人氏は、学生のころと同じ片鱗を見せたりする。

京大に入ってまもなく、「ホトトギス」同人だった波多野爽波の「春菜会」にさそわれた。京大出身の若手俳人の集まりだった春菜会は虚子の注目するところとなり、やがて東京の深見けん二、清崎敏郎などの新人会と合同して、虚子庵で「稽古会」という名の句会をする機会が与えられた。この稽古会で私は初めて高浜虚子に出会った。明治、大正、昭和を通じて、俳句最前線を生き続けた老俳人の静かな顔を、二十一歳の私は、ある種の感動をもって凝視したように思う。昭和二十五年の七月二十二日であった。

稽古会はその後、富士山麓の虚子山荘や千葉の鹿野山神野寺などを会場にして、昭和三十三年まで続いたと思う。一泊二日、合計四回、虚子と句会をするというこの青春の特権は、ホトトギス派の俳人たちに羨ましがられたものだ。星野立子、富安風生、中村汀女、京極杞楊などの俳人たちが参加することもあった。あるとき虚子先生が突然、私に声をかけて、「あきら君は工学部ですか?」と聞いた。「いいえ、文学部です」という私の返事に、虚子もまわりの人びともどっと大笑いしたことがある。これは「廊一つ昼寝の横を走りをり」「床柱立つや昼寝の枕より」というような私の句が虚子選に入っていたからである。

星野立子氏の思い出で最もリアルなのは、私をトイレに案内してくれたことである。鎌倉大仏の近くの吉屋信子邸での句会の折、「トイレはどこでしょうか」と聞く学生服の私。近くにいた和服姿の立子氏は、「あたしが連れていってあげる」と言って、さっと立ち上がられた。恐縮しながら私はその立子氏について行った。ウソのような本当の話である。

昭和五十二年のある秋の日の暮れ方、細峠を越えて来たという森澄雄、岡井省二の両氏に訪問されたことがある。拙宅に一泊された二人は、翌朝のすばらしい秋晴れの中を、またどこかへ出発して行った。そのとき、森氏のシャツの襟が折れ曲がっていたことを、この上なく清潔な印象として記憶している。これがご縁で、森氏は何度か私の家に泊られた。アキ子夫人を伴われたこともあり、そのときは栄養学に精しい夫人から家内がいろいろと伝授していただいたようだ。

そのころの森澄雄氏は、私の知らないときにも不意の襲撃のように吉野にあらわれている。黒瀧村に前登志夫氏と月見をするため、下市口駅で宇佐美魚目氏と山本洋子さんを待っていたことがあった。その私の目の前三尺のところを、タオルを首に巻いた森澄雄がひょうひょうと通り過ぎたのである。

このときの感じは一寸、筆舌につくし難い。偶然のことに驚いたというようなことではない。俳もしくは俳人の原点とはこういうものだ、と森氏に教えられた思いがしたのである。そういうものが自分の日常から失われていないかと思って、慄然とする時がある。

(「俳句」一九九一年一〇月号)

俳句ブームを考える

俳壇リポートではなくて、もう少し巨視的な眺めの中に入ってきたことだけを書きとめたい。一年くらいの間にそんな目立った変化が起こるわけでもないが、かなり以前から俳壇に現われた情況が、今年も確実に進行した。かりに言語空間の水平化とでも呼んでおく。山の中にいる私のような者には、細部は見えない代わりに、全体は比較的よく見えるということがあるかもしれない。

国内はもとより、外国でも怖るべき俳句のブームである。先日、同僚の物理学者が私の研究室へやって来て、アメリカとソ連の学者たちが共同で出している物理学の雑誌を見せてくれた。表紙をめくると扉に、

草いろいろおのおの花の手柄かな　芭蕉

の句の英訳がのっているのは、ちょっとした驚きであった。大分以前から芭蕉の俳句が掲げられているという。日本の物理学は国際舞台ではまだ二流だが、芭蕉さんは世界でも一流だ、と彼は言い残して部屋から出て行った。残された私は、いささか複雑な気持ちになる。お前さんが属している現代俳句の質はどうなのか、と問われているような気がしたからだ。

吉野山の麓に住んで、同人誌を細々と続けるだけの私のところにも、毎日多くの句集や雑誌の類がとどく。私のごとき場合でさえこうだから、著名な俳人や主宰者の場合はおおよその察しがつく。数量というより洪水のようなものにちがいない。

たいていは目を通すが、残念ながら本当に俳句の喜びを経験させてくれる作品は稀れである。私に俳句の喜びを経験させてくれる作品とは、何度読み返してみても、その都度新しい俳句のことである。よき俳句の味とは反復可能なみずみずしさのことだ、と言おう。しかしそんな句には滅多にお目にかかれない。おおかたの句は、一度きりの意外性だけで消えて、二度と現われない言葉でできている。言葉の質がしゃぼん玉みたいになっているのである。垂直的な深みの次元を開いている俳句は少ない。深みなんて、もはや時代遅れで、ダサイということか。のっぺりと水平化した、軽妙な楽天俳句の空間が広がる。

俳句空間の産業化である。質的なものが量によって置き代えられ、世界から垂直線が消えて水平方向だけになるという現代技術文明の根本動向が、俳句の世界をも襲っていることを意味する。詩の生理にとって最悪の天候が出現しているのである。

詩を殺してしまうかもしれない危険な大気の中に、現代俳句が隆盛の外観を誇っているとは皮肉な現象である。

若いころはずいぶんと反発した桑原武夫の「俳句第二芸術論」は、もしかしたら真理を言っていたのではないかとさえ思う。俳句のような前近代的な文芸は、これからの社会の中ではもう生き残れないだろうという桑原の予言はたしかにはずれた。世の中は俳句の花盛りである。しかし現代日本のこの奇妙な俳句ブームはそのことによって、俳句が所詮、二流の芸術でしかないという桑原説の正しさを逆に証明しているのではあるまいか。

しかし私も俳句の当事者の一人である以上、桑原のように傍観してばかりもおれない。桑原説の中で私が今でも正しいと思うのは、俳句は他の芸術よりも作品の優劣がつきにくいという意見である。そのことが俳句の本質に属しているかどうかはともかく、現実には作品評価の尺度は驚くほどマチマチである。やや誇張していうと、結社の数だけ尺度があるわけだ。この実状はとうてい桑原説をくつがえせないと思う。現代俳句という大型タンカーの吃水線は、危険なくらい低下しているのである。

吃水線を上げるにはどうしたらよいか。むろん、本当によい仕事が増えてくることに決まっている。しかしそれと同時に何よりの急務は、選者の立場にある人びとの責任の自覚にある、と私は思う。主宰者や各種の俳句賞の選考にあたる人びとには重たい責任がある。俳壇の利害関係や個人ならびに集団のエゴイズムを離れて、本当によい俳句とそうでない俳句とをきびしく識別する責任を負うているのである。己れを空しくして俳句の良否を見分けようとする公明正大な努力。識別の能力については言わずもがなである。見当ちがいな選しかできない人は、主宰になろうなどという了見を起こしてはならないのである。

作品だけが仕事ではない。選句はこれに劣らぬ大切な仕事である。「選は創作なり」と虚子が言ったとき、彼は選句が俳句という文芸の死活に関わる問題だということを、誰よりもよく知っていたのである。

（『俳句研究年鑑』'89年版、一九八八年一二月）

詩と芸

今日では詩（歌や俳句）が「芸術」のジャンルの一つに数えられても誰もあやしまないが、むかしはそうではなかった。

ヨーロッパでは近世になるまで、今日の意味での芸術家（キュンストラー）と呼ばれたのは詩人だけだった。画家、彫刻家、建築家、音楽家は、職人として詩人よりも低く見られていた。これらの人びとは、手仕事に関わるのであり、精神の仕事に関わらないと考えられたからである。今日、芸術と訳されている「アート」とか「クンスト」という語は、近世以前は「技術」の意味しかもっていない。

日本ではそういう概念規定こそなかったが、詩人が仏師や絵師よりも高い地位を占めていたのは西洋と同じである。飛鳥時代や鎌倉期の彫刻家、画家、建築家たちでもほとんど無名であった。人麻呂、額田王、赤人、紀貫之、定家、西行などの歌人たちほど、世の中で認められてはいなかった。

絵画や彫刻が詩と同じ地位にまで上ってくるのは、東洋でも西洋でも近世になってからである。ルネサンス期のレオナルド・ダ・ヴィンチやアルベルティなどは、絵画を手仕事でない精神の仕事としての芸術の仲間入りをさせようと、いろいろ努力している。

しかし、このように芸術の仲間に入った絵画や彫刻や音楽は、やがて詩を王座から追い落として、芸術の主流を占めるようになった。これも、東西に共通した傾向である。この傾向が極端になると、詩を芸術の分野から追放しようとする考え方にもなる。その最も身近な例の一つは、第二次大戦直後に出た桑原武夫の「俳句第二芸術論」と言ってよいだろう。

桑原説には学生時代には反発したものだが、近ごろは、一面の真理を語ったのではないかと思うことがある。桑原はあくまでも近代ヨーロッパの「芸術」を尺度にして、現代俳句は芸術とは言えない、と言ったのである。芭蕉や蕪村の悪口まで言ったわけではない。

俳句のような形式はこれからの時代には生き残れないだろうという桑原の予言は、見事にはずれた。俳句は衰えるどころか、ますます繁昌している。世の中は句会や結社の花盛りである。しかし、この現状の正体が何であるかは、まだ誰にもわからないと思う。この気味の悪い俳句ブームは、もしかしたら、俳句第二芸術論が真理であることを逆に証明しているのではあるまいか。

「第二芸術」という意味は、要するに精神のいとなみではない、たんなる職人芸という意味だ。「詩」をして人間存在の最も根本的ないとなみたらしめるゆえんのものが空白になってしまった。その空白をこせこせした、あるいは自信に充ちた「芸」が占領しているのである。

詩の復権とは、要するに、目に見えないもの（神々、宇宙、造化）との対話を、人間の心がとり戻すということだ。たんなる物との取り引きではなく、「物の見えたる光」によって襲われることなしに、およそ詩というものはないのである。


（「晨」一九九三年五月号）

俳句つれづれ

家のすぐ下を谷川が流れている。川幅も狭く、人家にも近いのに、どういうわけか昔から蛍が多く出る。村がすっかり寝しずまった深夜の家路、この小川にさしかかると、岸辺の草に群がって灯をともしている。凄《すご》みのある蒼《あお》い光芒《こうぼう》を見るとき、きまって思い出されるのは、つぎの名句である。

蛍火の瓔珞《ようらく》たれしみぎはかな　茅舎

このあいだ夜遅く帰ってくるとき、不思議なことがあった。藪《やぶ》の空を高く飛んでいる一匹の蛍に手を振ったら、その蛍が急に、私の手のとどくところまでスーッと降りて来たのである。何か夢を見ているような気分であった。

その小川で何年か前、一つの驚くべき出来事が起こった。誰かが、百匹以上の蛍をひとりで取ってしまったのである。むろん、町に売りにいこうとしたのではなく、家に持って帰って蛍籠《かご》に入れて、あかあかと灯《とも》していたそうだ。それにしても、これは衝撃であった。これは季語にいう「蛍狩」ではなく、造化に対する挑戦、造化の物を盗む行為ということになるだろう。

俳句の作り方においても、これと似たようなことがあるのではないか。山川草木や禽《きん》獣鳥魚を自分の美意識の網の中へすくいとり、自分の主観によって彩色するだけの俳句は、まだ本当によい俳句ではないと、私は思う。そういう俳句は、蛍をひとり占めしようとした人の場合のように、言葉による造化の私有化なのである。本当によい俳句は、造化の物を人間中心の美意識から解放して、もう一度造化それ自身の手もとに還《かえ》すところに生まれる。

蛍の句を詠むということは、蛍をダシにして自分が独り言を言うことではない。蛍が語りかけてくるひそやかで情熱的な言葉を聞いて、これに答えることである。俳句は自然と人間との交信の詩に他ならない。

＊

大空の見事に暮るる暑さかな

暑かった盛夏の一日が終わろうとする夕空の美しさを詠んだ一茶の秀作です。太陽の残照を受けた水のような大空の壮観を生き生きと再現した、一茶の大手腕を思います。

もちろんこの句は、一茶の句としては珍しい部類に入るかもしれません。一茶の特長はむしろ、つぎのような句の方にあると思われるからです。

「われと来て遊べや親のない雀」「やせ蛙負けるな一茶これにあり」「故郷やよるもさはるも茨の花」「故郷は蝿まで人をさしにけり」

自分の激しい感情をまるだしにしたこれらの人間くさい句と比べると、さきの作はいかにも静かな自然観照の句に見えます。しかし、「見事に」と投げ出したところはやはり、まぎれもなく、一茶の面目です。

いったい、詩は感情を基礎にしていますが、そうかといって感情をたんに野放しにするだけでは詩になりません。いったん解放された感情が、どこかで統制されることが必要なわけです。統制というのは、感情の中に混じっているはからいや作為の要素をとり除いた、無心の状態を得るという意味です。

芭蕉が句作において、なす句というものをしりぞけ、自然に成る句をよしとしたのは、詩が誕生するこの生理のことを教えたのだと思います。芭蕉の句だけでなく、一茶の句もやはり、このような詩的無心の産物であることに変わりありません。

芭蕉と一茶とのちがいは、この詩的無心というものにいたる道のちがいだと思います。芭蕉は自分の心を、この無心に置くための工夫に骨身を削っています。つまり感情の自己統制が、いわば自力聖道門的におこなわれているわけです。

一茶にはそういう自制や抑制は見られません。自分の感情をまるごと物にぶっつけ、言いたいように言うだけです。その一茶の心の深みで、一茶自身にもわからない仕方で、いわば他力浄土門的に、詩的無心というものがふと生まれているのです。

それは、泣きわめいていた子どもが泣くことに疲れてしまって、心ならずも泣きやんだ状態にたとえたらよいでしょうか。

*

上行くと下来る雲や秋の天《そら》　凡兆

『猿蓑』に入集している凡兆の句は四十四句もありますが、この句はその中の一つです。

この有名な句を私が知ったのは、俳句を作り始めて間もないころでしたが、そのころは、いったいどこが面白いのかよくわかりませんでした。いわれている内容も平凡だし、第一、その大まかな表現が、もっと繊細な刺激や陰翳《いんえい》を好む少年の感受性を満足させなかったのです。

一口で申しますと、この句は俳句初学の私には、こちらの感受性のとりつくしまのない、のっぺらぼうで無構造な句に思われたのでした。秋空を雲が流れるということを頭では知っていても、本当にそれを目撃し、その事実に驚くという訓練がまだできていなかったためだったのでしょう。もう五十年も昔のことです。

高く澄み渡った秋空を見上げますと、白い雲が流れています。ちょっと見ただけでは、ただいくつかの雲が勝手気ままに流れているようですが、実はそうではなかったのです。凡兆の注意深い眼は、上の方の雲は東から西へ流れているのに、下の方の雲は反対に、西から東へ流れていることを、はっきりと捉《とら》えたのです。

何のへんてつもない白雲の動きに見えたものが、実は、高度を違えて、正反対の方向に流れる二つの雲の動きであったのを知って、この俳人は、目から鱗《うろこ》の落ちる思いがして、発見者のよろこびにうち震えたことでしょう。一種の危機感をはらみつつ、しかもあくまでも静かなこの雲の流動くらい、秋という敏感で荘厳な季節にふさわしいものはありません。

この句は決して無構造ではなく、構造を持っているのです。作者が人工的に作り上げた構造ではなく、秋の自然そのものが持っているような深い次元での構造です。

＊

草枯れて狐の飛脚通りけり　　蕪村

すっかり草が枯れつくした蕭《しょう》條《じょう》たる冬の野原です。枯れすすきの中を行く淋《さび》しい峠を想像してもよいでしょう。よくもまあ、ここまで枯れたものだな、と感心させられるほどすさまじい冬ざれのまっ只中《ただなか》。人っ子ひとり通りません。

その枯れ草のひとところが、一陣の風に襲われ、急にサーッと吹きなびいたのです。それはほんの一瞬の出来事でありましたが、それだけにまたそれは、何とも怪しく、ただならぬ草の動きでした。どうしても、何ものかがそこを走り抜けたせいとしか思われません。いったい今のは何だったのか。そうだ、狐の飛脚だったのだ——この詩人は電光石火の早わざで、そう直観したのです。

蕪村は本当に狐の飛脚を見たのでしょうか。見たのだと私は思います。もちろん、そんな異形のものが肉眼で見えるわけがありません。しかし、そうかといって、頭の中でぼんやりと考えただけだ、というには、この狐の飛脚のイメージはあまりにも、なまなましく新鮮です。蕪村の心眼、もしくは詩眼が、現実の奥にはっきりと垣間見たところのものだからです。

枯れ草も見えますし、風の動きも眼に映ります。しかし、そんな眼に見えるものとつき合うだけでは、本当の詩は生まれません。眼に見えるものの背後に、眼に見えないものを見ることがあって初めて詩と言えます。蕪村のこの一句は、詩というものが持つこの性質を、最も鋭く示しているように思われます。

奔放な想像力を駆使したこの浪漫《ろうまん》的な俳人は、狐という動物に並々ならぬ関心をもっていたらしく、狐の句がたくさんあります。

水仙に狐あそぶや宵月夜
公達に狐化けたり宵の春
麦秋や狐ののかぬ小百姓

蘭夕狐のくれし奇楠《きやら》を炷《た》かん
飯盗む狐追ひうつ麦の秋
子狐のかくれ皃《がほ》なる野菊かな

それぞれに面白い句ですが、やはり「狐の飛脚」の句は抜群だと思います。このつぎの日曜日にでも、どこか淋しい枯れ草の野に吟行されたらいかがでしょう。蕪村がたしかに見た以上、もしかしたらあなたも狐の飛脚に会えるかもしれません。

＊

人恋し灯ともしころをさくらちる　白雄

信州上田の俳人・加舎白雄が、安永元年の春、吉野山で詠んだ句です。この人は俳句の上で、何よりも自然さ、平明、率直さを大切にしたことで有名な人です。しかしその作品は決して大まかではなく、むしろ他人の追従を許さない多感と繊細を備えています。

この句は、満開の花の夕ぐれどきの、何か人恋しいような華やいだ情感世界を詠っています。上五に「人恋し」と置かれてあるために、一見、主情だけの句のように見えますが、しきりに散る山桜のはっとするような美しさが鮮やかに見えるのに驚かされます。

一句の中心は「灯ともしころを」という中七字にあると思います。「灯ともしころ」というのは、ちょうど昼と夜との境い目の一刻をさします。もっと正確に言うと、灯がともってしまった時分ではなく、今まさに灯がともろうとする時分のことです。そういう二つの時刻の微妙な差を感じ分けているところに、この俳人の詩的繊細の面目があると思います。

灯ともしころという不思議な時刻、この詩人は何ものかに襲われたように、人恋しさに胸が騒いだのです。白っぽく澱《よど》んだ空気の中に、さくらがしきりに散っています。風もないのに、ひとりでに散るその花を見ていると、灯ともしころのこの一刻こそ、さくらの一番美しい散りどきであることを、この詩人は納得したのです。目のさめるようなさくらの美しさを捉《とら》えた句だと思います。

白雄には『続俳家奇人談』に一つの面白いエピソードが伝わっています。ある年の夏、白雄が甘谷という俳人のところに逗留《とうりゆう》していたとき、越後の縮《ちぢみ》商人が持って来た品を白雄がとてもほしがったそうです。そこで甘谷がさっそく白雄のために縮の着物を仕立てて与えたところ、白雄はすぐさまそれを試しに着たまま、いつまでも脱ぎたがらない。

国へ帰るときの晴れ着にとっておいてはどうか、と甘谷が言います。すると白雄は、夏の蟬《せみ》は秋まで生きてないように、私の命だって明日を期せないのだから、今すぐ、ここで着ていたいのだと言い張って、とうとう夜寝るまで脱がなかった、という話です。いかにも白雄らしいと思います。

＊

萍《うきくさ》に伊吹見出でて雨上る　普羅

ようやく梅雨も一段落といったところですが、ことしは荒梅雨だったようです。

今年の初めは吉野地方も電車が不通になるくらいの豪雨でした。私の家の近くを流れる吉野川も滔々《とうとう》たる出水となり、ダムの放水を警告する不気味なサイレンが何度も鳴りわたりました。上流に日本一の雨量で有名な大台ヶ原をひかえているためです。

裏の杉山に沛然《はいぜん》と降り続ける激しい雨の音を深夜の床の中で聞いていると、ふと自分がいつのまにか、人間よりも動物に近くなっているような気持ちに襲われます。じっさい、あの大雨の夜の吉野山中の闇には、どんなにたくさんな生き物たちが、不安に脅えながら、じっと身をひそめいていたことでしょうか。

自然の荒々しく猛々しい生命力は、時として、人間もまた宇宙の中の一小動物にすぎないという真理の実感へ、私たちをつれて行ってくれるように思います。

普羅の句は、ちょうど今年のような長い梅雨の情感をいかんなく捉えた大正期の作品です。伊吹山がよく見える近江のどこかの村の萍の池のほとりでしょう。毎日毎日降り続いた雨で、萍の生えた池水は道ばたにあふれるほどになっています。その長雨がようやく上がろうとし、伊吹が雲間にその雄姿をあらわしたところです。

この句の非凡さの第一は、雨が上がったので伊吹が見え出したという風に言わずに、伊吹が見え出したので雨が上がったという風に言った点です。萍の雨が晴れて、そのつぎに伊吹が見えたのではなく、伊吹が見えて萍の雨が上がった、というところに、この作者の詩的直感が生き生きとはたらいていることがわかります。

第二には、この山が他の山ではなく、まさしく伊吹山だという点が大切です。伊吹山は東海道を通る旅人たちには昔から富士山のつぎに親しい名山です。薬の山としても知られ、ヤマトタケルの敗北の伝説をもつ伊吹山。

人びとの魂の芯《しん》まで濡れとおったような梅雨の明け暮れの寂しい生活感情は、他のどの山でもなく、どうしてもこの古い歴史の山を呼び寄せずには措《お》かないようです。

＊

川底に蝌蚪《かと》の大国ありにけり　鬼城

石鼎、普羅、蛇笏らと並んで、近代俳句の最高峰をきずいた俳人、村上鬼城の作品です。自分の神経と感覚だけをたよりにして、小手先の技巧を誇っているような今日の俳句と比べて、何という悠々たるスケールと深い感情を蔵した作品でしょうか。

鬼城は耳がたいへん不自由な人でした。いきおい、人前に出ることを好まず、世間とのつきあいも苦手だったようです。虚子は『進むべき俳句の道』の中に、高崎での句会で初めて会った鬼城の印象をこう記しています。

「此日《このひ》、地方で社会的地位を保つて居る多くの人とか若《もし》くは衒気一杯の青年俳人等が我物顔に振舞つてゐる陰の方に、一人の稍《やや》年取つた村夫子然たる人が小さくなつて坐つてゐた。それが初対面の鬼城君であつた」

この日の句会で虚子は鬼城の句を天に取ったようですが、後の会席の際の様子を虚子はつぎのように述べています。

「『どうも危くつてとても人中へは出られません。ちつとも耳が聞えないのだから、人が何を言つてゐるのか更に解らない。どうも世の中が危つかしくて仕方ない。今夜のやうな席に出たことは今日がはじめてである』とそんなことを言つて笑ひもせずにまじ〱と室の一方を視詰《みつ》めてゐた」

虚子に対して語ったこのような心持ちを十七文字にしたのが鬼城のつぎの秀作です。

世を恋うて人を怖るる夜寒かな

鬼城が不自由だったのは社会生活を営む道具としての耳にすぎません。しかし、彼のもっと大切で敏感な耳は自然の森羅万象に向かって、いっぱいに開かれていたのです。

昼顔に猫捨てられて鳴きにけり

夏草に這上りたる捨蚕《すてご》かな

初雪の見事に降れり万年青の実

冬蜂の死にどころなく歩きけり

小春日や石を嚙み居る赤蜻蛉

これらの句はいずれも、社会生活の器官とは別の、もう一つの大切な耳で植物や動物の声を聞き、これらの物たちと親しく心を通わせている鬼城を物語っています。「蝌蚪の大国」というような威力ある言葉もそういう心から生まれたのです。

（「読売新聞」一九九三年八月九日～九六年四月一七日）

忘却の山河

私が住んでいるのは、吉野山麓の生まれ育った家である。京都での学生時代や助手時代、外国留学の一年間をのぞくと、私はこの土地を離れたことがない。吉野の山河は長年つれそってきた女房に似ている。私には遠い異郷の思い出はあるが、故郷はついに思い出とはならないらしい。たまに訪ねてくる俳句の友達はみな申し合わせたように、吉野はいいなと言う。こんなよい景色のところに住んでいたら、俳句ができない方がおかしいと俳句環境説を主張する。吉野を賞《ほ》められて悪い気はしないが、私は何だか申し訳ないみたいでもある。

吉野は私には、たんに詩的直観の対象ではない。思い出の対象でもない。それは思い出や直観におけるよりも、もっと直接に私の近傍にある何ものかである。この山河は私がそれを忘れているときに、最も生々しい。吉野とは私にとって、何よりもまず、有難き忘却の山河である。

過去は思い出の中にあるものだ、ということを、ほとんど誰も疑わない。聖アウグスティヌスのごとき人ですら、そう考えた。彼が『告白』の中で、時の過去、現在、将来がそれぞれ、記憶、直観、期待として所有されることを説いたのは有名である。しかし私は、過去は想起ではなくて本当は忘却ではないかと思う。たんに無へ消えたのではない過去は、深くて大いなる忘却という形で、われわれの現在を養い、生かしているのではあるまいか。

この思いへ改めて私をつれ出したのは、「雲母」の六月号に掲げられた飯田龍太氏の文章であった。とるに足らぬ私の第一句集『紺碧の鐘』について執筆された飯田龍太氏の言葉の中に、私の場合は、「幼時見慣れた風景を、いつまでも胸中に育てつづけて詩情の糧としているように見える。したがって旅中の句に、遠い故郷の懐しさが宿る」というのがある。この言葉は、遠い過去からの通信のように私をハッとさせた。

龍太氏の指摘の通りなら、私は思い出の風景を句にしたことはないから、これはどうしても忘却の働きだとしか思えない。忘却の山河が旅先の私をあちこちで訪れる。富士山麓や越後や山陰、能登半島や神島や木曽で、ハイデルベルクやパリ郊外やアルペンの麓の名もない小さい村や北欧で、土佐や五箇山や越前岬や北近江で、私は故郷の山河と再会したのだろうか。未知の風景に再会するというこの心ときめく経験は、想起ではなく忘却の仕業である。私がまだ知らない無数の風景は、不思議な再会の経験へと私を誘惑する。

（「青」一九七六年七月号）

さくら咲くまで

雛の日も近いというのに、吉野は毎日のように雪が降る。真冬のようなつめたい粉雪である。いつもの年だと今ごろはもう、どことなく華やいだ早春の雪だが、ことしは一向にそんな感じがしない。一月に降った雪が、屋根や畠に凍りついたままいつまでも残っている。春はまだ途方もなく遠くにある思いがする。

冬の吉野というとまるで白皚々の山国を想像する人が多いが、実は雪は少ない方なのである。このあいだの大阪の大雪の日のこと。私の勤め先の学校がある豊中の待兼山《まちかねやま》も珍しい積雪であった。研究室までのキャンパスの雪みちに難渋していると、通りかかった同僚が、こんな日によく吉野から出て来られたね、とびっくりしたように言った。霏々と降る雪中を冒して出て来た私の姿を空想したらしい。

白雪の吉野。これは多分、吉野についての歌書や軍書が喚び起こすイメージであろう。日本のことばの伝統が育ててきた、この美しい吉野の幻想は大事にしたい、とおもう。

ことしの花はいつごろになるだろうか。さくらが咲く直前まで、気むずかしくて敏感な山国の天候は、まだまだ手を変え品を変える。永らく寝たきりだった近所の老爺が先日死んだ。青空が凍る夕方だった。花が咲いたり、雪が降ったりする自然の出来事と、人間の生死のいとなみとは、無限者の視座の中では、一つにつながっているのではないだろうか。

そんなことを思う春寒の明け暮れ、私の近くにひそかに寄ってくるのは、西行のつぎの歌である。

吉野山さくらが枝に雪ちりて
花おそげなる年にもあるかな

『山家集』には見あたらず、『異本山家集』や『新古今集』にある歌である。作風から見て、西行晩年の作だ、と友人の前登志夫氏は言う。歌の細かいところは判らないが、「山寒み花咲くべくもなかりけりあまりかねても尋ね来にけり」(『山家集』)と比べて、私も何となくそのような気がする。

花に対するこの詩人の狂おしいまでの激情は、この歌も例外ではない。だがこれは審美家の詠嘆ではなく、生活の達人の自己表白である。冴え返る日々が続くと、吉野人のあいだでは、今年の花は遅れるでしょう、という言葉が日常の挨拶になる。一首は村人たちのこのようなつぶやきに近いものになっている。しかもたんなる風景描写ではない。どうしようもない命の寂寥、人生の深淵をのぞかせているからだ。

たしかに花はどこにもない。枯木のさくらの枝々に白い雪片が散るばかりだ。しかし花はこのまったき不在のままで、一首の中に現前しているように思われる。

決してたんなる幻想の花ではない。老西行の祈念のこころに映じている花、他界の光芒を浴びた美しいさくらの花である。

吉野全山がピンクの色に染まる四月のある日、私はまた、西行のたくさんなさくらの歌を思いおこすだろう。

（「俳句文学館」一五六号、一九八四年四月）

Ⅲ 月

花月のコスモロジー

井上靖に、月へ行くロケットの旅立ちをテーマにした「月に立つ人」という詩がある。その最後の部分だけを引く。

「青い球体の人間たちはひとり残らず空を仰いでいる。空を仰いで月を見守っている。私もその一人だ。人類の一人残らずが、初めて孤独になって、月を見ている」

この詩を引いたのは、およそ詩というものを詩たらしめる根本条件、詩の本質というものが、よく示されていると思うからである。それは、「人間の一人残らずが、初めて孤独になって、月を見ている」というときの「孤独」ということである。

この孤独は、人間が社会生活の中で感じる孤独感ではない。自分たちは一人残らず宇宙の中にいるのだ、ということにふと覚醒したとき、人間を襲う孤独である。それは、普通の意味で淋しいとか一人ぼっちとかいう感情よりも、もっと明るく、透明で静かな感情である。宇宙の光線を浴びている絶対的な孤独だからだ。

このような宇宙の光線の中に浮かび上がってくるものを言葉にもたらすところに、一般に「詩」というものの本質があるのだ、と私は思う。普通には詩は小説やドラマなどと一緒に文学という範疇の中に入れて考えられているけれども、このような考え方は詩というものの力が衰弱してきた、近代という時代の考え方にすぎないと思う。小説やドラマは人間をたんに人間的視座だけで見るのに対して、詩は人間を宇宙という無限者とのつながり、宇宙的視座で見るのである。昔から洋の古今を問わず、詩人は神々と話をする人間とされ、芸術の中で最も高い地位が詩に与えられてきたのは、そのためである。

詩の地平にあっては、人間はもはや宇宙の中心ではない。すべての物たちとともに広大無辺な宇宙の内にある存在者の一つである。ものを見るときにわれわれがつねにもっている人間中心の視座、自我のレンズを外すところに初めて詩の世界というものが開けてくる。

俳句という詩型においては、この宇宙的視座が一つの形式となっているのである。季語がそれである。季語は俳句の約束にすぎないといって反発する人もいるが、約束ではなくて形式なのである。約束とちがって形式の背後には、一つのコスモロジーがある。どういうコスモロジーか。

人間だけでなく、世界の中のすべての物は季節の内にある。季節とはわれわれの外にある風物のことではなく、われわれ自身をも貫いている推移と循環のリズムのことである。世界の中の物は何ひとつこのリズムから自由にはなれない。すべての物は、季節内存在である。この存在の基本的なあり方を肯定して生きてゆく。――簡単にいえば、このようなコスモロジーである。

季語は俳句の形式である。この単純で自明な事柄の中に、実は俳句という詩の運命のすべてがこもっていると思う。形式を身体と言いかえると、もっとはっきりするだろう。季語の中には生きたデーモンが棲《す》んでいるのである。しかし、生き物である身体は、病み、老い、死ぬ危険をたえずもっている。だから、俳句という詩的宇宙を豊饒にするとは、要するに季語をこのような危険から守り、生き生きと機能させること以外にはない。芭蕉が談林派の滑稽諧謔から脱却して蕉風に開眼したことも、つまりは季語のいのちに覚醒したことだと言えよう。

前にありと見れば蛍のしりへかな　宗因
草の葉を落つるよりとぶ蛍かな　芭蕉

宗因の句にもたしかに、季節の物に対するやさしい情緒があるが、どちらかというと自我本位のレンズを通した情緒である。これに対して芭蕉の句では、そういう自我の感情はいったん蛍の世界の中へ死んでしまって、そこからもう一度蘇生している。それは蛍の享楽ではなく蛍への愛の感情なのである。宗因の句では、人間の自我のことばが詩的宇宙の中心を占めていて、蛍は周辺に追いやられている。自我の声がやかましくて、蛍の語ることばが聞きとりにくいのである。蛍という季語の中のデーモンが目を覚ましていないといってもよい。

スイスの思想家マクス・ピカートは、詩的言語というものについてつぎのように述べている。

「日常生活の言葉においては、人間は人間や物たちについて自分が語っていることを聞いている。ところが、詩においては、人間は物たちが物たち自身について語っていることに耳を傾けるのだ」

ピカートはまるで、俳句のことを言っているのではないかと思うくらいだ。

俳句は人間が花や鳥について、あれこれいうような言葉ではない。そんな言葉は実用生活の道具としての言葉である。人間の語るモノローグの蔭に花鳥の声が隠れるのではなく、花鳥の声と人間の声とがたがいに交響するとき、俳句という詩的宇宙は生き生きとするのである。いわゆる月並俳句とは、俳句本来のこの生理に逆らって、自我の声が中心を占領しようとする場合に他ならない。月並俳句の危険はいつの時代にもある。

（「俳句研究」一九九四年六月号）

吉野からの発信

花月と人間

黒南風《はえ》と白南風が交互に空を渡る明け暮れである。花を終わった前山の朴の木が、ゆっくりと白銀の葉をひるがえしている。

七月初めは吉野地方も豪雨になり、電車が不通で京都へ出られず、久しぶりに休講ということになった。夕方から吉野川は増水して滔々《とうとう》たる濁流。降り続く雨の中に、上流のダムの放水を警告する不気味なサイレンが何度も鳴り渡った。

裏の杉山にごうごうと降る激しい雨音を、真夜中の寝床で聞いていると、ふと、雨はこのまま止まなくなるのではないかという不安に襲われる。自分がいつのまにか、一匹の小動物に変わったのに気づく。じっさい、あの豪雨の夜の山中の闇には、たくさんの鳥やけものや虫たちが、不安に脅えながら、じっと身をひそめていたにちがいない。自然の荒々しくデモーニッシュなエネルギーの噴出は、人間もまた宇宙の中の一小動物にすぎないのだという、真理の実感へわれわれをつれ出すように思う。

そんな経験をしたためか、読み慣れてきた古典の言葉が、にわかに底光りを放ち始めた。

「詠歌ハ花月ニ対シテ動感スル折フシ、僅カニ三十一文字ニ作ルバカリナリ」(西行)

「見る処、花にあらずといふ事なし、おもふ所、月にあらずといふ事なし」(芭蕉)

初めの言葉は、頼朝から歌はどう詠むのかと聞かれたとき、西行が答えた言葉だといわれている。「動感」というずっしりと重たい二字の意味は何だろうか。

人間が自分の主観的な美意識の内で花や月を見ることではないと思う。そうではなくて、人間がそういう主観的意識の外へ脱出して、花や月の立場に身を置くことを言うのである。花月という自然の物が人間の美的享楽の対象ではなく、人間と同じ一つの命を分け合った親しい友となるという経験である。

このような西行の歌の根本方法をもっと明瞭に言いあらわしたのが芭蕉の言葉である。人間が自我という自己中心性を捨てて、世界の中の生き物たちと友になるところに初めて詩というものがある。現代俳句が見失おうとしている大事な思想ではないだろうか。

闇を裂く青鷺の声

老朽した庫裡《くり》を取りこわして建て替えているので、本堂の阿弥陀さまの前で家内と寝起きしている。本堂は朝のうちはとても涼しいが、大屋根の瓦が灼《や》けはじめるにつれ、しだいに暑くなり、真夜中になっても温度は一向に下がらない。

その寝苦しい夜半に目を覚ますたびに、内陣の闇に変わることなく立ち続ける阿弥陀如来の静かな方便法身の尊像に出会って、はっとさせられる。み仏の眼の前であることも忘れ、煩悩の眠りをむさぼっている哀れな罪悪生死の凡夫である。

今の庫裡は五代前の住職の時代にできている。下ろした屋根瓦の銘は文政十二年だったから、百六十六年間経った勘定になる。天上裏から大工さんが煤《すす》けたランプと伊万里焼の皿などを見つけてきた。びっくりしたのは、床下から古い日本酒の空瓶が二十本ばかり出てきたことだ。

山の斜面を切り開いて造った境内のためか、庫裡は少しずつ谷の方へひっぱられていたらしい。いつか訪ねて来た俳句雑誌の編集者が、専立寺の庫裡の畳の上に鉛筆を置いたら、ころころと谷の方へ転がっていったので驚いた、といって、ある会合で人びとを笑わせたことがあったが、むろんこれは創作である。何ともいえない、平和でなつかしいエーテルみたいなものが充満していた家だったように思う。その古い濃密な空間が一つ消えてしまった。

暑い真夜中、裏の檜山に巣をつくっている青鷺が、ギャーッ、ギャーッ、と鋭い声で鳴く。去年までは別なところにいたのが、ことしになってどういうわけか、裏山へ移って来た青鷺の群れである。本堂住まいのお蔭で、この青鷺たちの生態を間近かに見ることができる。吉野川で餌《えさ》をあさっては、日に何べんか檜山の巣に戻ってくる。今日の午後は、長い脚を行儀よくそろえて、何かの使者のように昼月のそばを飛んでゆくのを見た。

こんな夜更けに青鷺はいったい、何故鳴くのか、無明のような闇黒の夜空を引き裂くその声を聞いているとふと、リルケの言葉を思い出した。「動物たちの眼は開かれた世界をまっすぐに見ているのに、人間の眼だけは反対に閉じられた世界を見ている」

〈物〉と〈我〉の交流する詩

前が杉山、後ろが檜山なので、朝夕は潮騒のようなひぐらしの声につつまれる。

暁方は五時ごろから啼《な》き出すから、いつもそれで目が覚めてしまう。その大コーラスが一段落すると、杉山の向こうから日が昇ってくる。

夕方啼く時刻は日によってちがう。夕涼のおとずれをいち早く察知して、まるで涼気を盗むみたいに、しばらく銀鈴を振ったかと思うと、急に啼きやんだりする。おそろしく敏感で、気むずかしい精霊のような生き物だ。

骨身にこたえる炎暑だが、それでもふと空を見上げると、高層をうろこ雲が静かに移動していることがある。もうどこかに秋がきざしているにちがいない。

「草花の一枝を枕元に置いて、それを正直に写生して居ると、造化の秘密が段々分つて来るやうな気がする」

「或絵具と或絵具とを合せて草花を画く、それでもまだ思ふやうな色が出ないと又他の絵具をなすつてみる。……神様が草花を染める時も矢張《やはり》こんなに工夫して楽しんで居るのであらうか」

秋が近づくたびに思い出す子規の『病牀六尺』の中の文章である。絵のことを言ってはいるが、写生という新しい方法によって月並俳句と闘ったころの子規の俳句観の本音を物語る言葉でもある。子規の俳句革新の事業の偉大さに異をとなえる気持ちは少しもない。

それにもかかわらず、花や鳥を向こうに置いて、それをこちらから眺めるという写生の方法は、俳句という詩のもともとの性格と、どうしても折れ合わないところがあるように思う。写生はたしかに、物に即するという俳句の本性に通じるのであるが、同時にまたどこかに微妙なずれをともなう。なぜなら、物を写す立場はどうしても、物の外に残るからである。「松の事は松に習へ、竹の事は竹に習へ」と芭蕉は言った。これはまさしく、物と我とのこの二元対立を超えたところに詩があることを教えたのである。

（「毎日新聞」一九九五年八月五日〜九月二日）

自然と共生する〈ことば〉

短詩型文学についての国際シンポジウムが、五月七日、八日の二日間、タイのプーケット島で開催され、私も参加した。海外貿易開発協会、国際研修交流協会、日航財団の共催で、短詩型に関わっている日本、東南アジア、欧米の計八カ国の作家、研究者たち約二十人が集まった。日本からの参加者は他に、有馬朗人（俳人）、大岡信（詩人）、川本皓嗣（東京大学）、佐佐木幸綱（歌人）、宗左近（詩人）、高橋睦郎（詩人）、俵万智（歌人）、対馬康子（俳人）、芳賀徹（国際日本文化研究センター）の各氏であった。

タイはすでに雨期に入っていたが、雨は降らず、青空と烈日であった。六日の夜はバンコクのホテルで、シンポジウム参加者以外の人びとも混じえて、にぎやかなオープニングパーティがタイ情緒の中で開かれた。芭蕉の俳句「古池や蛙飛びこむ水の音」を私に吟誦させては、それに注意深く耳を傾けるタイの女流詩人もいた。

翌朝は暗いうちにホテルを出てプーケット島へ飛ぶ。紺碧のアンダマン海に浮かぶ熱帯の島である。美しい白浜をもつリゾート地として有名だが、密林には熊や毒蛇が棲んでいるという。雄大な雲の峰を背景に、永遠を思わせるような静けさで、水牛たちがたむろしている。

シンポジウムは椰子林の中にあるアマンプリホテルの別荘で開かれ、十五人が発表、熱心な討論は夜半にまで及ぶ始末で、なかなか充実した二日間だった。短詩型ということがテーマであったため、いきおい「短さ」のもつ言語機能の分析、短詩の表現というものが現代のハイテク社会の生活に対してもつ効用といった点に議論が集中したように思う。

日常生活や自然の印象を直接に言葉にもたらす短詩は、その短さゆえに大きな庶民性をもち、国境や民族の壁を越える可能性をふくむという意見（有馬氏）や、日本における短詩や俳句のブームの背景には、情報社会の繁栄のむなしさに対する警戒心・反感が見られるという意見（大岡氏）が述べられた。たしかに俳句は、世界中で最も短い詩であるという点において国境を越えたのである。一九二九年ごろのフランスのハイカイの誕生や今日の世界各国でのハイクの流行は、これを物語っている。短い詩の言葉の新鮮な衝撃には、もしかしたら現代文明の病理を癒す力がふくまれているのかもしれない。

しかし、それでは「短さ」とはそもそも何かという点になると、依然として謎が残ってくるようだ。自然や人生は短詩の形式によってもまた表現できるというだけではない。自然や人生には、ただ、短詩の形式によってしか表現できない次元があるのではないか。俳句のような短詩型文学が生まれた理由はここにあるように思うが、今度のシンポジウムではこれは宿題として残った。短さのぐるりに集まって、暗い穴を覗《のぞ》いている思いがしたわけである。

俳句はたんなる短詩型ではなく、季語形式を本質としてもつ短詩である。一九三六年ヨーロッパに渡った高浜虚子は、ハイカイ詩人たちの季語に対する無理解に直面して、俳句の本質は十七音よりも季節の詩たることにあるということを力説したが、私の発表もまた季語形式のもつ重要性についてであった。とくに、季語が詩の形式になったことの背景には、日本人の独自なコスモロジーがあるという意見を述べた。それは、人間を宇宙の中心と見るのではなく、花や鳥、山川草木、日月星辰と共に、季節という大きなリズムの中に生きていると見るコスモロジーである。自然と共生しようとするこの詩の原理は、これからの人類の交流に役立つのではないかという提言であった。

季語は欧米人にも、もはやこれまでのような障害ではないようである。たとえば、国際歳時記を作る計画について報告したアメリカのウイリアム・ヒギンソン氏は、孫か曾孫の代までにはきっと完成したいと言って微笑した。

（「毎日新聞」一九九六年六月六日号）

ミュンヘンの夏の花の中で

ドイツ・ハイクの作家としてのギュンター・クリンゲ氏のことは有名であるから、あらためて紹介する必要はないであろう。これまで日本で出版された五冊の句集名だけを書いておく。『秋風の牧場』(風媒社、一九七三年)、『闇夜の鹿』(角川書店、一九七五年)、『雨いとし』(角川書店、一九七八年)、『朝の森に』(緑地社、一九八〇年)、『イカルスの夢』(永田書房、一九八六年)。

クリンゲ氏の名前を初めて知ったのは、第二句集『闇夜の鹿』を友人のドイツ文学者からもらったときであった。第五句集『イカルスの夢』は永田書房を通じて贈呈を受けたが、その本には筑波大学の加藤慶二氏の名と並んで、クリンゲ氏のサインがあった。クリンゲ氏が日本語を読んだり書いたりできないことはわかっていたから、氏の作品そのものについて評価するには、まだまだ多くの前提が必要だろうと思った。

私が関心をもったのは、氏がどういう理由で、日本の俳句に接近しようとしたか、という点であった。われわれの文化の伝統の中にあって、ヨーロッパの伝統の中にはないもの、そういうものが、この現代のドイツ人の心を捉えているはずである。いったいそれは何だろうか。クリンゲ氏がそれを「日本文学の背景」という風に表現したのを読んだことがあるが、その中身については、もう一つはっきりしなかった。私はそれを直接、この人から聞きたいと思っていたのである。

クリンゲ氏の心の中には、東西文化のあいだに一つの橋を架けようという志があることは、知っていた。この架橋は、たんにドイツ・ハイクの作家たちと、日本の俳人たちが、一緒に句会をするというようなことでは実現しない。両方に通じる共通のものについての思想のレヴェルでの対話が、どうしても必要である。そういう次第で、私はできたらクリンゲ氏と会いたいと思っていたのである。

この夏、たまたまその機会がやってきた。八月の初めの一週間、ウィーンの近くにあるドイツチュランズベルクの町の古城で、第二回国際フィヒテ学会が開かれ、私はこれに招かれていた。そのあとミュンヘンに十日ほど仕事の予定があったが、その滞在中にクリンゲ氏と会談できたら有難いと思っていた。さいわい、かつてドイツ留学中にクリンゲ氏を知っていたN教授が、われわれの日程を調整してくれることになった。国際学会がすんでザルツブルクの町を見物し、八月十日の夕方、私はミュンヘンに来た。そしてホテルで、十二日の正午ホテル・バイエリッシャーホーフでお会いしたい、というクリンゲ氏の伝言を受けとったのである。

十五年ぶりのミュンヘンは爽やかな快晴であった。アルテ・ピナコティークのたくさんな絵にも、英国庭園の広大な青芝にも、昔来たときと同じ匂いがのこっているようであった。約束の時刻にホテル・バイエリッシャーホーフのロビーに入ってゆくと、写真で見たことのある一人の老紳士が近づいてきて、私の手を握り、日本語で「こんにちは！」と言った。クリンゲ氏であった。これが氏の唯一の日本語である。あとはドイツ語のやりとりになる。ホテルの内庭には、ゼラニュームの鮮烈な赤をはじめ、色とりどりの夏の花々が咲きあふれている。その花々にかこまれたレストランの昼食に、クリンゲ氏は私を招待してくれた。フランケンワインの白がそそがれた二つのグラスに、木々の濃いみどりが映える。

対話はクリンゲ氏の俳句入門のきっかけを尋ねることから始まった。ボン大学日本学科のツアハルト教授が書いた芭蕉論が、そのきっかけだった、とクリンゲ氏は答えた。「造化にしたがい、四時を友とす」という芭蕉の生き方に一種の啓示を得た、と言うのである。クリンゲ氏にとって、ハイクはたんに自己表現の形式であるだけでなく、同時に人生の思索や生き方であることは明らかであった。俳句をその根柢にある精神と一緒に捉えている氏に、私は心から賛成した。

今度はクリンゲ氏が質問する番である。いわく、「日本の俳人たちは、俳句をそういう思想や世界観のレヴェルで考えていますか」「残念ながら、そういう俳人は数少ない」と私は答えざるをえなかった。クリンゲ氏のこの問いの背景には、氏が実感しているヨーロッパの技術文明の不気味な荒廃がある。現代のドイツには、もはや生きた宗教もなければ文学や芸術もない、とクリンゲ氏は断言した。アルテ・ピナコティークには、たくさんな名画があるではないですか、と私が言うと、「あれは過去の芸術だ」とクリンゲ氏は答える。「キリスト教の教義は、もはや現実のドイツ人の生活を支える原動力にはなっていない。私は教会税は納めているが、教会に行くことはない」とも語った。

科学技術を生み出した近代ヨーロッパの精神、人間による自然の支配という考え方が、今日のヨーロッパ人の生活を、すみずみまで規定している。それは、人間が本当に人間として生きる意味を奪ってしまうのではないか。ゆっくりと一語々々を発音しながら、クリンゲ氏はこのような文明批評を語った。

多くのヨーロッパ人たちは、もはや神を信じていない。キリスト教のドグマの中の神は、今日の人びとの実生活の中にはない。われわれはもう、そういう神は信じることはできなくなった。しかし、とクリンゲ氏は言葉を続けた。たとい世界を創造し、罪人を救う神は信じられないとしても、人間は人間を超えた大いなる力を信じることなしには、おそらく生きてゆくことはできない。その大きな力とは何か。それは自然である。そういう自然というものを信じている限り、私は無宗教者でもなければ、無神論者でもない。――クリンゲ氏はだいたいこのような言葉で、自分のハイクの根本のモチーフを語ったのである。

私が持参した第三句集『月讀』と、秋草に月が描かれたうちわを進呈すると、クリンゲ氏は私の持っていない『雨いとし』の扉につぎの近作を書いてくれた。

Stille Bereiche
Der Fantasie erglühen
im Herbstmondwechsel.

今、私の前に、私たちと異なる言語を生きている一人の詩人がいる。彼はまだ俳句を日本語で感じることはできない。しかしその人は、自分の言語圏がこれまでは経験しなかった一つの人間的生の可能性を予感しているのである。

(『耕』一九八八年一月号)

ウクライナの乙女との会話

このあいだ、ウクライナ大学から交換留学生で京都へ来ている一人の女子学生が研究室を訪ねて来た。日本文学が専攻で、夏目漱石、芥川龍之介、谷崎潤一郎、川端康成、三島由紀夫、遠藤周作などの作品を読んでいる一方、俳句についても関心があるので会いに来たという。

俳句に興味をもったわけを聞くと、世界で最も短い詩型であるということが魅力だ、という返答であった。これは予想された答えであり、たいていの外国人の俳句愛好家たちは、それを言う。だいたい西欧の文芸や文化は、複雑な構成をもち、長いという性格をもっている。現代文明そのものがそうだとも言えよう。単純で短い言葉の新鮮さに対する、憧れのようなものが、現代の西欧人の心のどこかにあるのかもしれない。

短いということはたしかに俳句の特徴だが、それと同時に俳句のもう一つの大事な特徴は、季語を形式としていることで、これにもっと注意しないと、俳句の本当の魅力はわからない。それだけでなく、日本文学をよく理解するためにも、日本人の季節感というものをもっと研究する必要があるというようなことを私は言った。すると彼女は、自分ももちろん、俳句に季節のことが詠われていることは知っているけれど、季語のことをもっと聞きたいと言う。それで私は、およそつぎのような説明をした。

日本人の季節感が詩歌のテーマになってくるのは『古今集』からである。けれども和歌では、季節は詩の内容にはなっているが、詩の形式にはまだなっていない。つまり、季は詠われる対象であるだけで、すべての事柄をそれを通して詠うところの形式として自覚されてはいないのである。俳句において初めて、季が詩の形式となった。季節の言葉を必ず一つ入れるという約束が生まれたということは、詩というものについての今までになかった新しい考え方が生まれたということである。

これは季節の自然の物たちと交流し、共生しようとする日本人の伝統的な生き方が、一つの文学形式にまで結実した注目すべき事件だと思う。季語というものによって一つの広大な詩的宇宙を開くという方法の発見は、江戸時代の日本人の独創に帰せられてよいのであって、これは世界の文化に対する日本人の貢献の一つだと思う。日本文学の独自性を理解しようと思うなら、人間と自然との両方を、季節という位相の下で見ようとする、日本人の感受性というものを無視できないだろう。

メモを取りながら聞いていた彼女は、すぐには賛同しなかったが、まったく理解できないとも言わなかった。俳句に対する最近の西欧人の強い関心にもかかわらず、季語は今のところ交流の窓ではなく、垣根となっていると思う。しかし、そうだからといって垣根を無視しては、異文化間の本当の交流は成り立つわけがない。国際間の文化交流というものは、垣根をとりこわすのではなく、それをいわば透明にするということによってのみ可能なのであり、それにはやはり時間と努力が必要なのである。

しかし、季語の形式に対する無理解は、ひとり外国人だけでなく、案外、俳人たちにもあるのではないか。有季定型派の俳人の中にも、季語という形式は大事だが、それよりもっと大事なのは、この形式の中にいかに新しい内容を盛るかだ、と言う人がいる。この意見はちょっと見るとわかりやすいが、実は詩の形式というものの生理に対する根本的な誤解だと、私は思う。季という詩の形式は、既成のものとしてあるのではない。それはわれわれがそれを生かしたとき、初めてあるのである。詩の形式というものは菓子型のようなものではないからだ。

だから、一句の中の季語が動くか動かないかという問題は、たんなる技法論の一つではなくて、俳句の本質に関わる根本問題なのである。最近の俳句を見ると、一つの季語を別な季語ととりかえても大差がないような句に出逢うことが多い。季語はたしかに入ってはいるが、それはまるで借りてきた猫みたいにそこにいるだけで、生きた働きをしていないのである。鑑賞文の中でも、一句の中での季語の機能について言及している場合は極めて稀れである。季語についての形式主義がまかり通っているようである。

しかし、季語は俳句という詩の生命である。季語形式に対する感受性をもっと鋭くしないと、月並俳句への道があるだけである。「行春を近江の人と惜しみける」という句についての『去来抄』の有名なやりとりが思い出される。

これから俳句についてもっと勉強したいと言って、辞そうとする彼女に私は、「ウクライナの自然でいちばん季節を感じさせるものは何ですか」と尋ねた。すると、この碧眼の乙女はすかさず、「それはカスタニエンの花です」と、瞳を輝かせて答えた。カスタニエンは日本の橡《とち》の一種である。私はハイデルベルクのネッカー河畔を飾っていたこの美しい初夏の花を思い出していた。

(『俳句研究年鑑』'96年版、一九九五年一二月)

俳号

「もしかしたら、俳句をやっておられる大峯あきらさんではありませんか」

このあいだ、お隣りの研究室にいる先生から、こう聞かれたことがある。新聞の選句欄を見ながら気にはなっていたが、哲学者と俳人のイメージとがなかなか結びつかなかったので、と言われた。本名の顕《アキラ》をひらがなにしたのが、私の俳号である。

アキラと読ませる名前は、ごくありふれた名前で、歌手や俳優にもよくあるし、町角の店の名になっているのを見かけることもある。アキラというのはどんな字ですかと聞かれると、顕微鏡の顕です、あらわれるという字ですよ、と返事するが、相手は困ってしまって、すみませんがちょっと書いてくれませんか、というような場合もある。「あきら」の方は、そんな手間がはぶけるので助かる。

俳句を初めて作ったのは、肋膜炎《ろくまくえん》になって休学していた中学二年の時である。微熱や寝汗に悩まされて、臥《ね》たり起きたりの毎日だったころ、奥吉野に住む一人の青年僧が手ほどきをしてくれたのである。むろん、俳句界のことなど何も知らなかったのに、俳人には号が必要だなどと一人前のことを考えて、いろいろ思案したものだ。

つけてくれたのは亡母である。まだ若かった母が、真白な洗濯物を干しながら、朝日をまぶしむような顔で、「あきらにしたらどう？　わかりやすいし……」と言った一言で決まってしまった。

吉野川を鮎が遡《さかのぼ》りはじめ、葉蔭の青梅が日に日に太っていく、梅雨近いある日のことであった。俳号のことになると、いつもそのころの強い日ざしが思い出される。山野が何かを孕《はら》んだような、一年中で最も幻想的な季節だ。

（「読売新聞」一九九七年五月三〇日号）

原石鼎の『花影』

原石鼎の句集としては、『花影』（昭和十二年）、『石鼎句集』（昭和二十三年）、『定本石鼎句集』（昭和四十三年）の三冊がある。ここでは唯一の自選句集である『花影』について書く。

石鼎は大正の初めの「ホトトギス」雑詠欄に、前田普羅、飯田蛇笏らと並んで登場した新しい星であった。とりわけ吉野山に住んだころの爆発的ともいうべき生産活動によって、ひろく後世に記憶される。『花影』の冒頭に「深吉野篇」と題してつぎのような作品が並ぶ。

頂上や殊に野菊の吹かれをり

山川に高浪も見し野分かな

鉞《まさかり》に裂く木ねばしや鵙《もず》の声

山国の闇恐ろしき追儺《ついな》かな
花影婆娑《ばさ》と踏むべくありぬ岨《そば》の月
銃口や猪一茎の草による
山の色釣り上げし鮎に動くかな
淋しさに又銅鑼《どら》打つや鹿火屋守《かびやもり》

どれもみずみずしく尖鋭な美しさにあふれた作品である。壮大で豪華でありながら、どこか孤独の感じがともなう。これらの絶唱が二十七歳の青年によって、それもわずか二年足らずの間に生み出されたという事実は、改めて注目されてよいことではあるまいか。

いわゆる老巧とか早熟とかいう俳句ではない。若くして老成した句を作った俳人なら、松本たかしや阿波野青畝などがいるが、石鼎の作品には、そういう種類の技法的な老巧さは感じられない。余裕や遊び心、見せ場といったものとは無縁な全力性とでもいうべきものが、どの句をも貫いているからだ。

まさしく永遠なる青春の俳句である。青春性以外の要素はどこにもない。ひたむきで無垢の青春性が、全力で駆け抜けている。それは感覚の若さではなく、精神の若さである。

石鼎にとって吉野は運命であった。もし彼が吉野に住まなかったら、これらの句は生まれなかっただろう。出雲平野に育った彼は、吉野の山奥にやって来て、生まれて初めて、山国の自然を知った。頑固で淋しい吉野の山河は、興奮しやすい石鼎の感官を詩へ覚醒させるに、絶好の媒体だったのである。

「深吉野篇」に収める「空山へ板一枚を荻の橋」という句について解説した石鼎の文章がある(「鹿火屋」昭和三年二月号)。最近たまたまこれを読んで、この俳人の天賦の何たるかに見参する思いがした。

それは月夜の晩に、高見川の激流の上にかかる一本の板橋のまん中に立って石鼎が尺八を吹く話である。初めはいくら力を入れて吹いても、尺八の音はごうごうたる激流の音に消されてしまって聞こえない。そういう時、目をつぶったまま胸一杯に吹きこむ。そうしてなお、いろいろと工夫しているうちに、少しずつ尺八の音色が戻ってくる。石鼎はこう書いている。「さうするうちに不思議にもだんだんと音が調つて聞え出してくる。耳を蔽ふ程の水音も次第次第に低くなつて、只自分の吹く尺八の音色のみが冴えて聞える。その音色こそ、実に一切の物音のほかに立つてゐるやうである」

尺八の音がいったん、ごうごうたる川音にかき消されてしまって、もう一度生まれてくる、という消息がここに語られている。尺八の真の音色は、自然の音の中をくぐり抜けて再生した音だ、と言うのである。

尺八のことはまた俳句のことでもある。尺八の音色と同じように、俳句というものは、いったん山川や花鳥や風雲の語ることばの中に消えて、もう一度再生した人間のことばでなくてはならぬ。俳句はたんに人間の叫びではない。人間の叫びが自然の中へ消えて再び蘇生したときに初めて、俳句のことばはある。石鼎の天才は実に、ことばのこの再生の出来事に、我が身を挺することができた点にある、と言えるだろう。

句集の「海岸篇」と「都会篇」には、吉野を去って出雲へ帰り、東京へ出てからの作品を収める。それらは吉野時代とはまた異なった趣をそなえた秀作である。青春の放浪は終わり、石鼎は結婚して家庭をもち、俳人として世に出る。

秋風や模様のちがふ皿二つ
磯鷲はかならず巌にとまりけり
稚児《ちご》たちに昼風呂わきぬ花の寺
うれしさの狐手を出せ曇り花
秋蝶の驚きやすきつばさかな
もろもろの木に降る春の霙《みぞれ》かな

これらの句では、自然は石鼎を詩へ挑発する対象というよりも、むしろ親しい対話の相手となっている。噴火の後の山の静けさのように、しだいに成熟してゆく石鼎の青春が、生の寂寥を映し出す有りさまが、伝わってくる。

（「俳句倶楽部」一九九〇年五月号）

冬の句

旗のごとなびく冬日をふと見たり　虚子

虚子にはこの他にも、冬の太陽そのものを詠んだ句がたくさんあります。

東京の南に低き冬日かな
冬の日のうちかがやきて眉にあり
からからと落込んで行く冬日かな
冬日濃しなべて生きとし生けるもの
日凍てて空にかかるといふのみぞ

冬日あり実に頼もしき限りかな

どの句も感官と心とを冬日に向かって全開して、これと親しく対話しようとする「花鳥諷詠」の精神から生まれた新鮮で力強い作品です。虚子がこのように冬日に熱情を示したのは、彼が明るい伊予の松山に生まれたからでしょうか。

掲出の句は、晴れわたった蒼天に輝いている冬日です。我を忘れてその美しい冬日にみとれていると、突然その冬日が風になびく大きな旗のようになびきました。それは無心になって冬日を愛した詩人の熱情に対する、冬日の荘厳な応答だったのです。虚子という俳人の、宇宙的な視座がよくわかります。

うつくしや年暮れきりし夜の空　一茶

満天の星座の壮観を正面から捉えて、しんと静かな歳晩の感慨を表白した一茶の秀作です。「うつくしや」は直接には、漆黒の夜空に出ている星のうつくしさを言うのでありますが、ただそれだけではありません。年が完全に暮れきったという、一つの物事の成就というものが持つ深い平安の表現でもあると思います。「年暮れし」ではなく、「年暮れきりし」であるところに、この俳人の鋭い感受性がうかがえます。

この句は一茶の句としては珍しい部類に入ると言えましょう。一茶の独自性はむしろ、「ともかくもあなた任せのとしのくれ」「行年に手をかざしたる鼬《いたち》かな」「羽生へて銭がとぶ也年の暮」などに見られるかもしれません。しかし、「うつくしや」という大胆な上五は、やはり一茶の面目であります。嵐のような激しい感情を物にぶっつけ、詠いたいように詠っていたこの俳人にも、時として凪《なぎ》のような一瞬があったのでしょう。

（NHK「俳句」八六号、一九九五年一二月）

自句自解七句

黄落やいつも短きドイツの雨

ハイデルベルク留学時代の作。

「哲学者の道」に沿って小高い丘に上ると、ハイデルベルクの町は眼下にその最も美しい姿を見せる。対岸の山腹に立つ壮麗な古城、ネッカー河を通るいろいろな船、聖霊教会の高い尖塔、十四世紀創立のドイツ最古のハイデルベルク大学などは、この燻《くす》んだ赤煉瓦の風景の中のアクセントである。白樺やプラタナスの圧倒的な黄落の林に入って休んでいると、何度も行儀のよい驟雨がやって来ては、いつの間にかやんでしまう。レーゲン・シャウアーだ。

このころの私はまだ、日本から到着したばかりの旅人だったが、ヨーロッパという乾燥した無季的な「思想」の風土はやがて、私の内なる俳人に対して、きびしい拒絶を示し始めることになる。ドイツにはまる一年間いたが、ロクな句はできなかった。

帰り来て吉野の雷に座りをり

吉野の自宅に帰って二、三日したころ、猛烈な雷雨の歓迎を受けた。つぎつぎに立つ落雷の火柱、谷々に谺《こだま》する雷鳴の中に座りながら、生まれて初めて帰国というものの実感を嚙みしめていた。この句が私の作風の転機になったと評してくれた人がいる。

難所とはいつも白浪夏衣

志摩半島の和具という漁村へ何人かの仲間たちと吟行した。海岸に立つと、すぐ近くに大島という島が見えて、岩礁には白浪が砕けていた。その島の手前の水路が、昔から船の難所になっているということである。

句会では下五を「夏花摘」と置いて出句し、賛成者が多かったが、自分では不満であった。「夏花摘」では絵葉書に近いからである。昔から大勢の舟人たちが難儀した、生活の匂いや歴史のようなものを具体化するような季語はないものか。それからしばらくしたあるとき、ふと「夏衣」という季語が浮かんできたので、これに替えることにした。「夏衣」は「難所」と内部からつながっているように思ったからだ。

狐火や一滴もなき大硯

吉野山にほど近い村の浄土真宗の寺に住んでいる。本願寺第八世の蓮如上人の直弟浄円房という僧の開基と伝えられる。浄円房のことは資料がなかったが、最近になって蓮如の『御文章』五帖八通目のものが、延徳三年（一四九一）三月、吉野の浄円房に対して与えられたという文書を見ることができた。

夜、寺のぐるりは今でも一灯もない漆黒の闇である。向こうの畦道に燃える狐火の話や、古狸が本堂の廊下を下駄ばきで走ったり、花嫁姿に化けて屛風《びょうぶ》の蔭からのぞく話を、子どものころ、祖母から聞かされては戦慄した。

本堂の隅の机の上には、法座のとき世話人たちが何百年間も使ってきた大硯が置いてある。冬の夜更、ふとその大硯のことを思うたび、私の心の中では狐火が燃えるのである。

人は死に竹は皮脱ぐまひるかな

家の裏山の裾が孟宗竹の藪になっている。子どものころは小さかった藪が、今では山の中腹までひろがってしまった。

初夏になると、竹が皮を脱ぐ日が続く。森閑とした昼間、裏山にまるで誰か人間がいるみたいな音を立てて、竹の皮が脱げ落ちる。造化の生命エネルギーがその絶頂に近づこうとする季節だ。

そんなある午下りのこと、一人の村人が庫裡にやって来て、たった今、近所の老人が死んだので、お経を読みに来てほしいと頼んで立ち去った。

美しい初夏の世界に、目に見えない裂け目が生まれ、その底に一瞬、深淵をのぞかせたかと思うと、また何事もなかったかのような世界に戻る。生と死という正反対のものを平気で同居させる、この上なく優雅で、したたかな真昼だ。その真昼を言うには、「かな」という単純無比な切字をたのむ他なかった。

茶が咲いていちばん遠い山が見え

裏山は高くないが、頂きに立つと、南西の方角に熊野へ続く山また山の連なりが、一望の下に見える。いちばん手前に大きな稜線をつくっているのは四寸岩山《しすんいわ》、その西にひときわ目立つ山が大天井ヶ岳。その向こう側に無数の山々の顔が、海波のように続く。
弥山や山上ヶ岳などの遠山の名は子どものころからの憧れであったが、とても見えないものと永い間あきらめていた。その遠山を思いがけなくも見たのは、よく晴れわたった茶の花日和の午後のこと。冠雪をうすうすと置いた、異界のような山上ヶ岳の姿であった。

吾子が嫁く宇陀は月夜の蛙かな

宇陀郡は亡母の故郷でもあったので、母が生きていたころは、「宇陀」はただの地名ではなく、母の家の代名詞となっていた。母が死んで三十年近くたつと、宇陀の名はもう一度地名に戻ろうとする。その宇陀へ、一昨年縁あって末娘が嫁に行った。鬱蒼《うっそう》たる吉野杉の美林の麓を縫って、旧伊勢街道が走っている。月夜の晩、このあたりは、むかし亡母の寺の縁側で聞いたのと同じ蛙の声でいっぱいになる。

（「俳句研究」一九九四年六月号）

Ⅳ
海

太平洋は流れていた

去年の十一月、バークレーに講義に行った帰り、太平洋を横断する機上から思いがけないものを見た。ゆっくりと流れている北太平洋の海流である。

サンフランシスコ国際空港を正午前に離陸したユナイテッド航空機は、大阪空港まで約十一時間のフライトである。晴れわたった初冬の青空の中を飛び続ける。アラスカ上空を過ぎてちょうど五時間ぐらい経っていたと思う。窓から見えるものといえば、夢のように拡がる限りない天の碧ばかりである。下の方をのぞくと、真綿をちぎったような白雲がいっぱい海面に貼りついている。その白い雲を見おろしていた私は、思わず自分の眼を疑った。

雲の間からのぞく蒼黒い海面が、ジェット機の進行方向へ、ゆっくりと移動しているではないか。初めは眼の錯覚ではないかと思ったが、何べん見なおしても、確かに海面は、川のようにゆっくりと流れている。それは、海面に点々と浮かんでいる白い泡粒状のものが動いていることからわかるのである。何しろ、一万メートルの高度から見ているのだから、実際は巨きな波頭にちがいない。「海流だ」私は心の中で叫んだ。

静止しているとばかり思い込んでいた眼下の海が、まるで川のように流れていたのである。初めて海流というものを見た私にとって、これはカルチャーショックならぬ新鮮なネイチャーショックであった。私は子どもみたいに興奮していた。

家に帰るなり、このことを家人に話したが、あまり興味を示さない。海流なんか別に珍しくも何ともないわ、と言いたげな顔をしている。それからしばらくして、同僚の海洋学者に聞いてみると、海流は航空機からも見えるという返事であった。手もとの百科事典をひらくと、北太平洋には、黒潮・北太平洋海流・カリフォルニア海流・北赤道海流があり、これらが巨大な時計まわりの水平大循環をつくっている、という解説がある。川のように流れていると見えたのは、おそらくこの海流循環の一部分だったのであろう。私は海流の大円環の一部を見ていたわけだ。

その後日が経つにつれて、この経験は私の内で薄れ去るどころか、かえっていよいよ鮮明なものになった。あれはいったい何だったのか。

むろん海流である。しかし、海流という名で呼ばれるあの自然現象は、ただそれだけのものではなく、もっと根源的な、目に見えないもののシンボルではなかったか。浄土真宗とは阿弥陀如来の往相廻向《おうそうえこう》と還相廻向《げんそうえこう》である、という親鸞の言葉が、生き生きと私の心の内に蘇ってくる。

ほとんどの人は、人生とは誕生に始まって死で終わる間のことと考えている。果たしてそういうものであるかどうか保証はないのだが、そう信じているわけである。しかし、そういう直線の形で考えられた人生は、断片であって生きたものではない。どんなに生といって力んでみても、実は生ではないのである。生は限定の外にあふれ出る。つまり、生は生であるかぎり、直線ではなく円環の形をとらざるをえないのである。親鸞は、生命はもともと円環であるという真理を感得した人である。

往相廻向とは、現世から浄土へ滔々と流れる阿弥陀如来の大生命の海流である。如来に身も心もまかせた衆生、生きとし生けるものは皆、この海流に乗って浄土へ運ばれ、必ず仏に成る。しかるに、この往相の海流はそのまま転回して、浄土から現世へと還ってくる還相廻向の海流となる。この海流に乗って他の衆生を救済するはたらきがなされる。同朋に対する真実のいつくしみと思いやりである。往相と還相の方向の差はあっても、海流は一つである。環流する同じ一つの如来の生命があるだけだ。

われわれが人生と呼ぶところのこの愛欲生死の世界は、如来の一大生命環流の一部にすぎない。生まれる前から如来の本願海に浮かんでいる、われわれの命である。
ことしの八月、ボストン大学での国際会議からの帰り、私は如来の本願海のシンボルにもう一度出逢えることを期待していた。しかしそれは、凡夫の私のはかない空想でしかなかったようだ。ポートランド空港を出たデルタ航空のジャンボ機は、重畳たる雲海の上を飛ぶだけで、北太平洋はどこにも見えなかった。

（「花鳥諷詠」一九九三年四月号）

いのちの不思議への挑戦

六月八日、池田市の大阪教育大学付属池田小学校で起こった痛ましい児童刺殺事件の衝撃がまだ消えないうちに、北海道広尾町で、また似たような犯行が起こりました。今度の犠牲者もやはり、何の罪もない、いたいけな子どもたちです。

両方とも、普通にはその動機や理由が考えられないような、不可解で異常な犯行です。昨日の事件はまだ精《くわ》しい事情はわかっていませんが、池田の事件と同じように、幻覚や心神喪失の状態で行われた殺人ではないことだけは確かなようです。自分の思い通りにならないからというだけで、怖ろしさに逃げまどう幼児たちを追いかけて、次々に刺してしまう。マスコミ報道によると、二人とも、悪いことをしてしまったと言って反省しているとのことですが、そういうことを聞くと、なおさらこの事件の異常さを思わざるをえません。不可解で戦慄《せんりつ》すべき惨劇が、いわゆる普通と言われる人間によって演じられたということの異常さであります。

池田の小学校の事件については、すでにいろいろと分析され、各方面の専門家が事件の原因や今後の防止策について種々の意見を述べています。そういう人びとの努力が一日も早く実を結び、こういう悲劇が二度と起こらないことを心から願わずにはおれません。

いったい、人が人を殺すということは、人類始まって以来、繰り返されてきたことですが、これまでの殺人には、過失の場合はのぞいて、集団と個人とを問わず、何らかの動機や理由があったと思います。しかし池田での殺人は、それらとはまったく異質です。自分の不平不満が、いきなり、何の関係もない子どもたちの命を奪うという、驚くべき行動に、いとも簡単に結びついたのです。これはただ、小学校の危機管理の不足とか、本人の家庭の状況や社会環境のせいだというような説明で片づく単純なものではありません。

これは、決して正常とはいえない、ただならぬ人間の仕業《しわざ》だと考えてしまいます。もっと深いところで、この人間は人間として怖ろしい病気にかかっていたと思わざるをえません。その病気とは、ものの命というものの不思議、この世に存在することの不思議というものへの感受性の欠落という病気であります。いや、欠落というより、そういう感受性への挑戦と言った方がよいかもしれません。これがあの犯行を生んだ本当の原因ではあるまいか、と私は思うのです。

命あることの不思議を感じることが、真の宗教の根本でありますが、人間にとって一番大切なこの感受性が、一般社会の人びとの心から急速に薄れてゆくのが、現代という世界の傾向ではないかと思います。生命の尊厳ということがいたるところで合言葉のように口にされる日本社会の中で、これと正反対の事件が白昼に起こるのです。生きているとは、仏のいのちに生かされていることだ、という明白な真理がわからなくなったからではないでしょうか。

(「本願寺新報」二〇〇一年九月一日号)

「オウム真理教」事件の深層

「オウム真理教」事件の深層

「オウム真理教」と称する特異な集団の動向が日本中をまきこんで、深刻な社会不安をもたらしている。戦後の日本で社会的な注目を集めた事件といえば、ほとんど政治的事件であったが、今回初めて「宗教」が大事件となったわけである。

社会的犯罪に対しては、その一刻も早い法的解決が望まれることは言うまでもない。しかし、この事件の根は、たんにそれだけではとどかない深層にまで伸びているように思われる。それは一口でいえば、非宗教性という戦後の日本社会の慢性的な疾患というものに由来する問題ではなかろうか。

人類の文明の基礎をなしてきた仏教やキリスト教などの伝統的な「世界宗教」の真理がしだいに見失われてゆく世俗化は、現代世界一般の現象であって、とくに我が国だけに限ったことではない。ただ、日本の場合には、それがあまりにも極端な感じがする。もちろん現代の日本は、新興宗教や新々宗教の数では世界でも指折りの国であり、宗教学者たちは新しい宗教ブームだと言ったりする。しかし、それらは真の宗教ではなく、その代用品としての疑似宗教だと思う。真の宗教は、そもそも、人間は何のためにこの世に生きているのかという問いに対する答えであるのに、疑似宗教にはそうした問いも答えもない。ただ個人的な幸福願望と現世利益を説くだけである。それでは宗教と言っても実際は世俗化の一つの現象にすぎないだろう。

日本社会のこのような非宗教性とこれに由来する疑似宗教性は、なにも戦後になって急に始まったのではない。それは、天皇崇拝にもとづく国家神道という疑似宗教がすべてを支配した明治期にまでさかのぼる。敗戦によってこの疑似宗教は崩壊したが、それがすぐに本当の宗教の復権には結びつかなかった。むしろ新しい疑似宗教が、これにとって代わっただけである。新憲法というものが戦後日本の教育や道徳の基礎とされたことがそれを物語っている。

たしかに新憲法は信教の自由を保証している。しかし憲法そのものを基礎づけるところの根本理念は少しも明確ではない。ヨーロッパやアメリカの憲法はキリスト教の宗教理念を土台石にしているのに対して、われわれの憲法にはその大事な土台石が欠けている。むしろ、憲法そのものがすべてのものの土台石になっているのである。憲法という人間の作物を絶対化することは、疑似宗教の一種といわねばなるまい。道徳教育の大切さを言うことはあっても、宗教教育という問題になると、にわかに敬遠してしまうのが、われわれの社会の不思議な体質なのである。しかし、宗教が小中学校の教育課目の中に入っていないのは、世界中でかつてのソ連と日本だけではないだろうか。

もう二十年前になるが、初めてドイツに滞在したとき、いちばん印象深かったのは、小中学校に宗教の授業があるということであった。子どもを小学校に入れるのでもらった書類を見ると「宗教」という欄があって、めいめいの信教名を書きこむようになっている。ハイデルベルクは住民の約九〇パーセントがプロテスタントなので、その子どもたちに対して宗教の授業がおこなわれていたのである。このような事情は、ナチス政権という疑似宗教の支配下にあっても、同じであった。現在のアメリカの学校では、キリスト教の代わりにひろく宗教一般の授業があると聞いている。

人間存在の永遠の問題である宗教を抜きにして、およそ真の教育が成り立つはずがない。一宗一派の教義ではなく、宗教的精神とでもいうべきものを若い魂に教えることが、今日の急務だと思う。

（「信濃毎日新聞」一九九五年五月八日号）

老化する人類

新しい時代にはそれにふさわしい宗教が要るのではないか。宗教は思い切って現代化されなくてならないのではあるまいか。

これは、しばしば聞かれる意見である。今日、仏教やキリスト教などのいわゆる既成宗教が無力になっていることは事実である。人類はもはやそういう既成の宗教によってはとうてい救われず、新しい宗教の出現を待つ以外にはないのであろうか。

私はそういう意見に対しては、はなはだ懐疑的である。というよりも、これから将来も、人類が本当の新しい宗教を生み出すというようなことはできないだろうと考えている。人類が救われる道は、仏教やキリスト教という世界宗教が教えている真理をいかにして見失わないようにするか、という点にかかっていると思う。

というのは、宗教は人間の他のいろいろないとなみと根本的にちがって、無限なものと人間との関係だからである。有限なものに関わる人間のいとなみにおいては、新しいか古いかということが有効な尺度になる。とりわけ、人類の最も新しい発明である科学や技術においては、新は最も大きな価値になる。新は真であるというのが科学の公理なのである。しかし、無限者と関わる宗教の領域においては、新しいとか古いとかは何の意味をも持たない。無限は新古を超えた次元である。

宗教とは要するに、自分がそういう無限者によって支えられ、生かされているということの感情である。ところが、そういう無限者を感じるという宇宙感覚においては、時代が経つにつれて、人類はだんだんと鈍感になり、退化してゆくように思われる。というのは、人類は類としては、しだいに高齢化してゆくからである。

ハイデッガーの友人であったマクス・シェーラーというドイツの哲学者もそのように考えている。たとえば、現代の小学生は二千年前の子どもたちが知らなかったような多くの知識をもっている。月の中には兎が住んでいると思っていた昔の大人たちよりも、今日の子どもたちの情報は増えている。しかし、その現代っ子といえども、人類全体としては老化しているわけである。現代人よりも二千年前の人類は、類としては若いということになる。

高齢化した人類の特徴は何かというと、精神の能力が細分化して、個々のものにだけ集中し、尖鋭になってゆくということである。これと反比例して、全体とか無限とかというものに対する感受性、宇宙を感じる宗教的センスにおいては退化してゆくのである。人類はこれからも科学的知性による新しい情報を入手しつづけるであろうが、無限者からの通信を入手する器官を新しく開発することはできないだろう。

釈尊やイエスが開いた宗教は、現代のわれわれよりも若かった人類の、壮大で豊饒な霊性的エネルギーの噴出と開花だったのである。老化してゆくわれわれ人類の未来に、そういう宗教的エネルギーなるものの再来はほとんど期待できない。現代向きの宗教とか、将来の人類に見合った新しい宗教の出現とかいうことは、私には呑気な空想の域を出ないように思われる。

それでは、われわれはもはや絶望なのか。そうではないと思う。人類はすでに世界宗教において永遠の真理を見出したのである。若い人類が発見したこの真理を見失わないように努めることが、われわれに負わされた唯一の大事な課題となる。晩年のゲーテはこのことをつぎのような詩句にしている。

「真理は見出されてすでに久しい。それは高貴な精神を結びつけた。古き真理が真理をつかんでいる」

（「信濃毎日新聞」一九九五年五月二二日号）

仏法領を生きる

『蓮如上人御一代記聞書』という本がある。蓮如のおりおりの行状や物語り、訓戒、法語などを集めた言行録である。蓮如という仏教者の人と思想を知るために欠くことのできない貴重な資料である。

『御文章』は何といっても門徒に宛てた正式の教化の書簡であるから、細かい配慮や準備をして計画的に書かれているが、「聞書」の言葉には、いわば普段着の蓮如の姿が出ていて興味深い。どこを開いても、仏法について語る蓮如の肉声をじかに聞く思いがする。たとえばこんな言葉がある。

「仏法には無我と仰せられ候ふ。われと思ふことはいささかあるまじきことなり。われとわろしとおもふ人なし。これ聖人の御罰なりと御詞《おんことば》候ふ」

「無我」というような言葉は、浄土教関係の文書の中にはあまり見かけない。自力聖道門の悟りの心境を思わせるところがあるからだろうか。とくに、形式的に整備された今日の真宗教学では、意識して敬遠される言葉のようである。ところが蓮如は、そんなことには少しも頓着していない。浄土真宗の根本精神を言いあらわすために、ズバリと無我という言葉を使っているわけである。

蓮如が言うところの無我とは、煩悩がとりのぞかれた悟りの心のことではない。死ぬ日まで愛欲煩悩によって惑わされる他ない、われわれ罪悪深重の凡夫を、そのままで救おうという如来の本願にまかせた心を言うのである。罪悪の凡夫を必ず救うと仏が誓っているのだから、とやかくはからう必要は少しもない。そんなはからいは小さな我の主張にすぎないのであって、そういう我を張らないところに仏法というものがあるのだ、と蓮如は言うのである。

これまでの蓮如像にはどうしても、大きな形態の建設者もしくは組織者というイメージがついてまわる。たしかに、永らく休火山のようなありさまになっていた本願寺を再興して、日本仏教史上かつてないほど大規模な信仰集団を作り出したのであるから、これが誤りだというのではない。しかし、たんに蓮如が作り出したものだけに目を奪われて、作り出したときの蓮如の精神の方を見ないならば、その真の面目を捉えそこなうことになるのではないだろうか。

蓮如の大事業を生む源泉にあったものは、どんな形式にもこだわらない精神、固定観念とか先入観とかを捨てて、物事に対処しようとする自由な心だったように思われる。たくさんなものを作り出した蓮如は、実は心の中でたくさんなものをつねに壊していたにちがいない。形にとらわれない心、形をはみ出す創造的精神だけが、偉大なもの、今までになかったものを生み出すことができたのである。蓮如が説いた無我とは、そういう心のことだと思う。

「蓮如上人御廊下を御とほり候ひて、紙切の落ちて候ひつるを御覧ぜられ、仏法領の物をあだにするかやと仰せられ、両の御手にて御いただき候ふと云々」

これも有名な一節である。廊下に落ちていた一枚の紙切れを拾って押しいただいたということは、倹約の徳というようなことではない。この現世が仏の他力によっていとなまれている圏域である以上、一枚の紙片といえども仏からいただいたものである。自分たちの所有権など、どこにもないというのである。「仏法領」という言葉は独創的である。蓮如の信心が生き生きと躍動している。

（「信濃毎日新聞」一九九五年六月五日号）

日本人の死生観と仏教

仏教が日本人の死生観に影響を及ぼすようになったのは、平安時代のころからである。仏教が伝来するまでの上代日本人の死生観と思われるものは、『古事記』上巻の黄泉《よみ》の国の物語にあらわれている。

イザナギとイザナミという夫婦の神がいたが、イザナミが火の神を産んで急死して黄泉の国へ行ってしまう。嘆き悲しんだイザナギは、黄泉の国を訪ねて亡き妻にもう一度現世へ帰ってくれとたのむ。しかし、うじがいっぱいわいている妻の骸《むくろ》を見たとたん、にわかに恐怖に襲われ、妻をそのままにして、現世へ逃げ帰ろうとした。これを知ったイザナミは怒って追いかけてくるが、とうとう、黄泉比良坂《よもつひらさか》まで逃げて来たイザナギは、そこで大きな石を隔てて妻と談判し、もうお前は私の妻ではないと宣言する。現世に帰って来たイザナギは、「吾は穢《きたな》き国に到《いた》りてありけり」と言って、川で身体を洗い清める、というような物語である。

江戸時代になって本居宣長は、この『古事記』の死生観を解釈してつぎのように言っている。上代日本人は、人は死ねば誰でもみな黄泉の国へ行くと思っていた。その黄泉の国は、きたなくて悪いところだけれども、死ねば必ず行かねばならないところであるから、悲しむほかに、どうしようもない。そのように自分に言いきかせるところに、「神道の安心」という上代人の生き方があった。要するに、死は汚れた悪い世界へ落下することだが、それを人間の悲しい宿命と思ってあきらめろ、という考え方である。

ここには、われわれの祖先たちが抱いていた強い現世主義が見られる。しかし、それは実は一つの心情的なニヒリズムというものと同居しているのである。死者のゆく黄泉の国が、きたなく悪い世界であるということは、ほとんど無のシンボルに近い。死後の世界など無い、在るのはこの世だけだというに等しい。しかし、そういう黄泉の国の観念は決して深い思索の結果ではなくて、たんに死への怖れや悲しみが行く手に投射されたものである。上代日本人は、死後の国は悪いところだから死ぬことは悲しい、と言ったのではない。死ぬことはあまりに悲しいから、死後の国は悪いところだと言ったのである。

しかし、これは死生観とか思想というよりも、むしろ本能的な暗い情念といった方がよい。ギリシャの哲学者プラトンが書いた『ソクラテスの弁明』の中でソクラテスは、世間の人びとが死を忌み嫌うのは、死が悪いことだと思っているからだろうが、いったい人びとはそのことをどこから知ったのか、と問うている。まだ死を経験したこともないのに、死を悪いことと決めてかかるのは、自分が知らないことを知ったかぶりする驕《おご》りたかぶりではないか、と言ったのである。

上代日本人の素朴な心情の中にも、やはりこの種の驕りたかぶりというものが隠れていたように思われる。死者の国を汚れた悪いところだと言う前に、いったい人間になぜ死ということがあるのか、死ぬことは本当に悪いことなのか、人間はそもそも何のために生きているのか、ということを根本から問うところに初めて思想というものが生まれてくるのだと思う。残念ながらわれわれの先祖は、そういう問いを立てるだけの精神の力を持っていなかったようである。現代日本人の多くは、依然として黄泉の国という先祖のこの幻影を受けついでいるのではあるまいか。「人間死ねばごみになる」という本を書いた知識人がいたことが思い出される。

大乗仏教は、このような貧しい日本の精神風土を照らし出す明るい思想だったのである。死は必ずしも悪いことではないし、生きることが無条件でよいことでもない。生死の両方を超えて、これをつつむ如来の生命の海に浮かんでいる自己の命であることを知れ、と教えるのである。

（「信濃毎日新聞」一九九五年七月三日号）

宗教の悪魔化

現代の日本は、世界中でも世俗化が最も進んだ非宗教的な社会だと、しばしば言われます。そうかと思えば反対に、日本人ほど宗教的な民族は稀れであって、新宗教や新々宗教のブームを宗教再生のしるしと見て喜ぶ宗教学者たちもいます。しかし、私はそういう意見はどちらも信用できません。

現代日本の社会の本質は、真の宗教が欠落した世俗化にあると思います。洪水のような世俗化の水の上に、いろいろな疑似宗教が宗教の代用品として浮かんでいるわけです。それは真の宗教という根底を失った社会の空虚を、一時的に埋めるものでしかありません。

真の宗教とは、人間はそもそも何のために生きているのか、われわれが現実世界と呼ぶところの存在は何のためか、という問いに対する答えだ、と私は思います。どんなに現世の幸福を手に入れても、社会問題について評論したり、未来について語ったりしても、われわれは死なねばなりません。死への道である生は、根本的な不安の中にあります。この根本的な不安をとり除いて、平安に生きてゆける道を示すところに、真の宗教のただ一つの役目があるわけです。

　ところが、このような人間存在の根本についての問いと答えを忘れてしまったことを世俗化と言います。つまり、人間のさまざまな欲望の充足、長命と物質的な利益とを最高の宝物とするような人間の生き方のことです。それは真の宗教の欠落でありますが、また見方を変えると、一つの疑似宗教だとも言えます。そして明治以後の日本人は、いろいろな疑似宗教をつぎつぎに経験してきたように思います。

　先ごろのオウム真理教の事件は、このような世俗化と非宗教に安住してきたわれわれの社会に対する挑戦と見ることもできます。「解脱」とか「地獄」とかいう現世超越を意味する聖なる言葉が珍しく登場し、ある種の若者たちを引き寄せました。いわばあまりにも世俗化しきった社会の空虚を充たすために起こった一種の逆行現象ではありますが、世俗化と闘ってこれを克服しようとする姿勢は見られません。これは宗教性の歪曲された高揚であり、アメリカの神学者ティリッヒが宗教の悪魔化（demonization）と呼んだ現象にあたります。

　宗教上の聖はつねに有限で相対的なものを介してあらわれるわけですが、絶対的なもののたんなる担い手でしかないものを絶対的なものと混同することが、宗教の悪魔化です。そして真の宗教にもとづかない社会はつねに、この悪魔化の危険にさらされています。宗教ブームだといって、一部の宗教学者たちのようにはしゃいでいるわけにはまいりません。今日ほど、本物の宗教と疑似宗教とを見分けることが必要な時はないのです。

親鸞聖人の浄土真宗は、一口でいうと、さまざまな疑似宗教、すなわち相対的なものを絶対化しようとする人間の態度に対する容赦なくきびしい批判にあります。そういう徹底した内省の果てに発見された真理は、人間は人間自身をとうてい救いえない罪悪深重《ざいあくじんじゅう》の凡夫であり、その凡夫こそ、たのもしい如来の救いの目当てだったということに他なりません。

無限の宇宙の中をあてもなくさまよっている無力な生き物にすぎないわれわれが、如来の本願という宇宙の法則によって許され、生かされているのです。われわれが自分で自分を救おうとするはからいを捨てるならば、われわれはもとから、如来の命の海の上に浮かんでいたのだという不思議を知らされます。この単純無比な事実への目ざめ以外に、本当の宗教はありません。それがないと人間生活も文化も空しくなるゆえんのものについての聖人の教えと、一人ひとりが対面することが、報恩講を迎える真の意義だと思います。

（「ひとりふたり‥」一九九六年秋号）

親鸞の海

横川の聖者の浄土教

親鸞の著作を読んで驚くことの一つは、海という言葉が圧倒的に多いことである。正確に数えたわけではないが、『教行信証』には七十回以上出てくる。その他にも、『和讃』には十六回、『一念多念文意』には十一回、『尊号真像銘文』には十回、『唯信鈔文意』に六回という具合である。阿弥陀仏、衆生、信心の三つが、海や海水の比喩もしくはメタファー（隠喩）で言いあらわされているのである。

もちろん、これらの用語はほとんど大乗経典や浄土教の思想家たちのテキストの中からの引用であるから、親鸞の造語というわけではない。たとえば、すでに『涅槃経』は、如来のことを「大智海《だいちかい》」と言う。中国の曇鸞《どんらん》の『讃阿弥陀仏偈』は、阿弥陀仏の別号を三十七挙げているが、その中に「大心海《だいしんかい》」という名が見られる。けれども、海という語をこのように、ひんぱんに引用しているところに、やはり親鸞の浄土教理解や信仰体験の大きな特徴があると言わねばならないだろう。

親鸞の魂は、浄土教の無数のテキストの中にある、「海」という文字に最も敏感に反応している。たとえば、法然の『選択本願念仏集』には、もし私の誤りでなければ、海という字は、ついに発見できなかった。源信の『往生要集』には、何度か海の字は出てくるけれども、源信の精神の全体が、この字にかかっているようには思われない。たとえば『往生要集』巻中には、「弥陀如来は、法性《ほっしょう》の山を動かし生死《しょうじ》の海に入りたまふ」という文章がある。つまり、阿弥陀如来はもともと「法性の山」であるのに、生死の海に苦しむ衆生を救うために、衆生と同じ生死海《しょうじかい》に入ると言うのである。源信にとっては、海はどちらかといえば、生死や無明煩悩にふさわしい比喩であって、仏の世界は山にたとえられているのである。この横川《よかわ》の聖者の浄土教はやはり、比叡山という山岳から発想されていることがわかる。

凡夫の海と阿弥陀の海

これに対して親鸞の場合は、海はわれわれ凡夫の世界の比喩であるだけではない。凡夫を救う阿弥陀それ自身も、また海のメタファーで感得されているのである。「弥陀の本願海」という『正信偈』の一句には、たんなる比喩以上のものがある。「本願海」というメタファーの中で、本願という概念は、われわれを生かす力そのものに変貌しているのである。源信が山にたとえた法性の如来の世界を、親鸞は海にたとえて「宝海《ほうかい》」と言う。『一念多念文意』の中につぎのような一節がある。

宝海とまふすは、よろづの衆生をきらはず、さわりなく、へだてず、みちびきたまふを、大海のみづのへだてなきにたとへたまへるなり。この一如宝海よりかたちをあらわして、法蔵菩薩となのりたまひて、無碍のちかひをおこしたまふをたねとして、阿弥陀仏となりたまふがゆへに、報身《ほうじん》如来とまふすなり。

この文章からわかるように、阿弥陀如来は一如宝海より形をあらわしたと言われている。それゆえ親鸞においては、阿弥陀と衆生との関係は山と海との関係ではなくて、海と海との関係になっている。阿弥陀は山から生死海に下りるのではなく、生死海の底なき底から出現して生死海を願海に転じる。生死海を真に救いうる阿弥陀は、生死海と反対の法性の山ではなくて、海と山との対立を超えた次元に由来したものでなくてはならない。親鸞はそういう根源的な次元を、「一如宝海」と言うのである。海は親鸞にとって、根源的なもののシンボルである。親鸞にとって浄土真宗の宇宙の深みへゆくキーワードは、実に海に他ならない。

形なき実在のシンボル

親鸞の精神生活において、海がこのように大きな役割を演じたのはなぜだろうか。二つの理由が考えられるように思われる。

第一の理由は、親鸞が実生活において、しばしば実際に海を見たからであろう。承元元年（一二〇七）、専修念仏の停止によって流罪になった三十五歳の親鸞はたぶん、海路を経て越後の国府へおもむいた。四年後の建暦元年（一二一一）に赦免になってからも、しばらく国府付近に滞在した後、四十二歳のころ、妻子と共に常陸の国に移住する。二十年以上に及ぶ東国の生活のあいだに、親鸞は各地の海を、目のあたりにしたにちがいない。とりわけ、荒れ狂う海と平和に凪ぎわたる海の二つを経験したであろう。叡山や京都の生活にはなかった海の経験が、親鸞の思想の成熟にとって、無関係だったとは思われない。

第二の理由は、この宗教的天才の異常なまでに烈しい内省力、その深い罪業の意識のうちにある。いったい、日本仏教を代表する思想家たちの最も大きな特徴は、仏や悟りの世界が、山川草木という自然の物との親密なつながりで発想されている点だと思う。西行の「桜や月」、一遍の「吹く風、立つ浪」、明恵の「野菊」、良寛の「田中の松」はもちろんのこと、道元ですら「而今《にこん》の山水は古仏の道現成なり」という（『正法眼蔵』）。悟りの世界が、眼前に見える形をとった自然の事物を借りて、言い表されているわけである。

たとえば道元にとって、仏法は決して遠い世界ではない。山がそこにあり、水がそこにあるというその事実に、仏法は現前している。現にある山水は、われわれに自己本来の面目への覚醒を要求している、というのである。しかし親鸞の仏教においては、このような発想は見られない。親鸞にとっての自然は、そのような形ではなかったのである。

この宗教的天才の世界経験は、光の意識と闇の意識とからできている。彼は自分の心の内にある底知れない煩悩の闇黒の中で、すべてを照破する不思議な阿弥陀の光明に出会った。自分の内に闇黒がなければ、光を受けとめることはできない。逆にまた、光を受けなければ、闇黒であること自体がわからない。闇を知ることと光を知ることとは、同じ一つのことである。つまり、光と闇との交代があって、光と闇との中間というようなものはないのである。闇と光との境い目に、両者の混合として浮上してくる種々の形、山川草木や花月は、この激しい内省の天才にとっては、ほとんどリアリティをもたない。形をとった自然は、煩悩や罪業の闇黒と阿弥陀の輝く光明の内へ姿を消してしまうのである。

このようにして、残されてくる唯一の自然は海である。その海とは色や形ではない。むしろ力とはたらきである。親鸞にとって、海とは、そういう形をもたない実在というもののシンボルである。そういう形なき実在を、われわれは、肉眼や心眼でもって観想することはできない。

われわれの実存そのもの、いわば内臓でもって感得する他ないものである。親鸞は煩悩と如来との二つをそのような仕方で知ったと思う。こうして海は、彼の浄土真宗を表現する絶好のメタファーとなってくるわけである。

まず第一に、われわれ罪悪生死の凡夫の世界が海のメタファーで捉えられる。「生死の苦海」「一切群生海」「無明海」「衆生海」「愚痴海」「諸有海」「難度海」「愛欲の広海」。煩悩はわれわれ自身の内にありながら、自分の力ではどうしようもない事柄である。つまり、衆生の内に煩悩があるのではなく、むしろ煩悩の内に衆生がある。それは衆生を翻弄する果てしない荒天の海のようなものである。

そういう煩悩の姿を親鸞は、荒れ狂う越後の海に見たことだろう。しかるに、われわれの世界がそういう嵐の海となるとき、如来の方はわれわれを救うたのもしい船となる。「生死大海の船筏《せんばつ》」「難度海を度する大船」である。阿弥陀が船であるというのは、衆生と生死の海を共有して衆生を救うという意味である。

弥陀・観音・大勢至
大願のふねに乗じてぞ
生死のうみにうかみつつ
有情をよばふてのせたまふ（『正像末浄土和讃』）

しかし第二に親鸞は、如来を海のメタファーで表現している。「本願海」「智願海」「功徳大宝海」「不可思議の徳海《とくかい》」。ことごとく阿弥陀仏のメタファーである。そして如来がこのような広大無辺の海となるとき、われわれ衆生の方は、この大海に帰入する「煩悩の濁水《じょくすい》」、もしくは「衆悪の萬川《ばんせん》」となる。

本願力にあひぬれば
むなしくすぐる人ぞなき
功徳の宝海みちみちて
煩悩の濁水へだてなし

名号不思議の海水は
逆謗《ぎゃくほう》の屍骸もとどまらず
衆悪の萬川帰しぬれば
功徳のうしほに一味なり（『高僧和讃』）

煩悩の泥水であるわれわれが、ひとたび如来の本願海に帰入するならば、濁水は濁水のままで清浄無比な如来の海水と一つになる。濁水が消えてなくなるのではない。濁水のままで清浄の海水へ転ぜられると言うのである。

存在を浄化する力

親鸞の海のメタファーの核心をなしているところのものが、ここに彷彿としてくる。それは力であるが、その力とは実に、存在の浄化作用なのである。煩悩の汚濁を仏心の清浄へと転ずる不思議きわまる力のことである。

本願海は生死海と別に、どこかにあるのではない。生死海が転ぜられたものが本願海である。自力で泳いで渡ろうと思っている限り、われわれを恐ろしい底なしのところへ引き込む海が、自分のはからいを捨てたら、不思議にもわれわれを浮かばせる弥陀の願海に転ずる。それは、われわれの力のとどかない海そのものの不思議な転回である。信心が「大信心海」と言われるゆえんである。

浄土真宗とは往相廻向と還相廻向だ、と言う親鸞の言葉も、やはり海と無縁ではないように思われる。往相廻向とは、生死の世界から浄土へ流れる如来の大いなる生命の海流である。しかしこの海流は、そのまま浄土から生死の世界へ来る還相廻向の海流でもある。親鸞は霊性の宇宙をこのような大生命の還流として感じ、その還流の上に浮かぶ自分を発見したのだと思う。

（『親鸞と蓮如』朝日新聞社、一九九九年九月）

越中五箇山

浄土真宗の妙好人《みょうこうにん》として名高い赤尾《あかお》の道宗《どうしゅう》の生地を一度見たいとかねて思っていたが、たまたまこの五月に所用で富山へ行ったとき、富山県教育委員会の人の好意で年来の念願がかなえられた。

赤尾は越中庄川の上流、五箇山の奥の山里である。城端《じょうはな》から車で二時間、人喰谷という千仭の谷を見おろす道に沿って峠を越えていく。残雪をとどめた重畳たる山並みの下、合掌造りの村が今日も秘境のおもかげをとどめている。パリのマロニエに似たろうそくのように白い花は橡《とち》の花である。

道宗開基の行徳寺を訪ね一泊させていただく。ご住職のはからいで「赤尾の道宗心得二十一箇条」の真蹟に見参することができた。

一、後生の一大事、いのちのあらんかぎりゆだんあるまじき事（一）

一、（前略）後生の一大事をとげべき事ならば、一命をも物のかずとて思はず、おうせならば、いづくのはてへなりともそむき申すまじき心中なり（後略）

蓮如上人の仰せなら、近江の湖水を一人で埋めるとさえ言った道宗が四十歳の時に書いた、一筋の信仰箇条である。

壮烈極まりない中世の熱線が私を貫いた。

（「青」一九七五年七月号）

蓮如の魅力

蓮如上人の五百回忌が近づき、本願寺教団の内部だけでなく、世間一般にも何となく一種の蓮如ブームが見られるようである。ブームというのはたいていは一過性のものだが、必ずしも悪いことではない。ブームが縁となって現代日本人がもう一度、この傑出した仏教者の人物と信仰の実態というものを知るようになることが期待できるからである。

あらためて言うまでもなく、蓮如という人は親鸞のように未開の原野を開拓した人ではない。先祖代々受け継がれてきた田野を耕しなおして、豊かな収穫をもたらした人である。親鸞聖人の浄土真宗が大乗仏教の世界の底知れない深みを掘り下げたとすれば、蓮如上人は水平的にひろがる大きな平面というものをつくり出したと言えるだろう。この二人は、浄土真宗という世界を構成している垂直の軸と水平の軸、タテとヨコである。どちらの軸が欠けても浄土真宗の真の面目は失われてしまう。

蓮如という人の外見ではなく本質を知るには、何よりも蓮如が何を説いたかを知らなくてはならないが、『御文章』をみたら、それは一目瞭然である。全部で三百通ちかくある『御文章』において、繰り返しまき返し説かれていることは、ただ一つ「後生の一大事」を解決する信心のすすめである。この世の幸福のすすめではない。つぎにあげるのはほんの一例である。

「人間は老少不定《ろうしょうふじょう》の界にて候間、世間は一旦の浮生《ふしょう》、後生は永生の楽果なれば、今生はひさしくあるべき事にもあらず候。後生といふことはながき世まで地獄におつる事なれば、いかにもいそぎ後生の一大事を思《おもい》とりて、弥陀の本願をたのみ、他力の信心を決定《けつじょう》すべし」

あんなにたくさんの一般大衆を教化した人だから、さぞかし大衆のニーズに応えて現世利益を説いたにちがいないと思いきや、正反対である。蓮如はこの世の幸福を手に入れる道なぞ、一つも説いていない。たとい、どんなに幸福な一生であっても、死はいつやってくるかもしれない。死はすべての幸福の幻想をいっぺんに空しくしてしまう。あらゆる弁解は無効である。そういう大きな不安をかかえたままの人生はお先まっ暗であって、要するに地獄が待っているだけではないか。われわれのこの現実をとっくに見抜いて、安らかな浄土の命の中へ救いとろうと誓った弥陀の本願を信じる以外に、われわれの安心はどこにもない。蓮如はこのはっきりとした真理をはっきりと説いただけである。その他の余計なことは説かなかった。

大衆が気に入ることを説いて大衆と結びついたのではなく、大衆が気に入らない「後生の一大事」という真理を説いて大衆と結びついたところに蓮如上人の真の偉大さがある。宗教家の魅力を庶民的とか人間的とかいうところに見出そうとするのは、現代社会の一種の流行である。人間親鸞、人間良寛、人間蓮如といった具合である。思うに、平和ボケの現代人の発想である。そんな、ものわかりのよい「人間蓮如」が当時の門徒たちにとっての魅力だったとは、私は思わない。蓮如上人の真の魅力は、いかなる人間も本願を信ずることによって救われる、信心がなければ地獄があるだけだと言い切った、単純率直な言葉の比類なき衝撃力だったのである。

科学と福祉がゆきわたった現代といえども、人生とは蓮如上人が説いたとおりではないか。死後に三途の河があるとか地獄があるとかいうことを現代人はもはや信じない。この世しかないと思っているからである。しかし、たったひとりで棺桶に入って、無に落下することは、まさしく地獄に落ちることではないのか。「後生の一大事」は依然として、現代のわれわれを放してはいないのである。

（「御堂さん」一九九六年一月号）

V 真

煩悩の美しき花——一茶の句

日本のすぐれた詩人たちの中で、詩作のいとなみの源に、宗教体験というものがあった人びとといえば、さしあたり西行、芭蕉、良寛、一茶といった人びとの名が浮かんでくる。西行、芭蕉、良寛の三人はみな、自力聖道門の仏教につながっている。彼らの詩境の独自な高さは、彼らがそれぞれの仕方で身につけた仏教なくしては、決して生まれなかったであろう。

これに対して、俳人一茶の詩的創造の源泉には、一茶が幼時からその中で育った浄土真宗の教えの雰囲気がひそんでいる。一茶の俳句を芭蕉をふくめてほとんどすべての俳人たちの作品から区別するゆえんのものは、実に一茶の真宗経験だと言ってもよいだろう。この点は、従来の一茶研究ではまだ充分に明らかにされていないと思われる。

それでは、一茶の俳句と浄土真宗とはいったいどのような仕方で結びついているのだろうか。

それは、一茶の俳句が浄土真宗の教義を十七文字にしているというような、表面的なことではない。たしかに柏原に定住して、明専寺の門徒として法座に連なるようになってからの一茶の句には、真宗の教義や雰囲気を詠った作品が多く見られる。

白露に浄土参りのけいこかな
みだ仏のみやげに年を拾ふかな
涼しさや弥陀成仏のこのかたは
花ちるや末代無智の凡夫衆
露ちるや地獄の種をけふもまく
涼しさにみだ同体のあぐらかな

晩年の一茶には家庭的な不幸が執拗についてまわった。三男一女と妻を亡くし、自分も中風で倒れている。しかし六十歳になったころから一つの心境の変化が生まれ、幼時からのまま子根性やひがみ根性が、いくらかとれてきたと言われる。これらの句は、そういうときの心境の中から詠われたと言えるだろう。

しかし、一茶俳句と浄土真宗とのもっと深いつながりは、表面上に教義の言葉が出ていないような句、真宗臭くない句の方にこそ見られるように思われる。

山の月花盗人をてらし給ふ
うつくしや年暮れ切りし夜の空
昼顔やぽっぽと燃える石ころへ
秋風やむしりたがりし赤い花
やけ土のほかりほかりや蚤さわぐ

これらの句の表面には、真宗教義も信心らしいものもない。しかしここには、俳聖芭蕉の場合とはちがう他力の詩境があるように思う。芭蕉の秀句は情念（煩悩）の強い統制から生まれたが、一茶のそれは、情念をまるだしにし、さらけ出し、言いたいように言うという仕方で生まれているのである。それは、煩悩の泥の中から咲き出た清浄な蓮の花みたいに、他力の産物と言えるだろう。死ぬまで煩悩を燃やし続けていた凡夫一茶の詩の不思議な美しさに驚かされるのである。

（「御堂さん」一九九六年一一月号）

糸瓜の花明り——子規と宗教

子規は純粋に詩人であって、宗教というものとは無縁な人生を生きた人だとばかり、むかしから思ってきた。しかし、最近、久しぶりに『病牀六尺』を読み返してみて、必ずしもそうとは言えないのではないかと考えるようになった。

たしかに『病牀六尺』においても、子規は宗教に対して非常に冷淡にみえる。たとえば明治三十五年六月二十一日の日付の四十にはこんな文章が見られる。「『如何にして日を暮らすべき』『誰かこの苦を救ふてくれる者はあるまいか』此《ここ》に至つて宗教問題に到着したと宗教家はいふであらう。しかし宗教を信ぜぬ余には宗教も何の役にも立たない。基督《キリスト》教を信ぜぬ者には神の救ひの手は届かない。仏教を信ぜぬ者は南無阿弥陀仏を繰返して日を暮らすことも出来ない」。明らかに無宗教の立場の表明である。

ところが、その二日後の四十二に子規は、本郷に住むある未知の人から来たつぎのような手紙のことを記している。

拝啓　昨日貴君の「病牀六尺」を読み感ずる所あり左の数言を呈し候

第一、かかる場合には天帝または如来とともにあることを信じて安んずべし

第二、もし右信ずること能《あた》はずとならば人力の及ばざるところをさとりてただ現状に安んぜよ現状の進行に任ぜよ痛みをして痛ましめよ大化のなすがままに任ぜよ天地万物わが前に出没隠現するに任ぜよ

第三、もし右二つ共能はずとならば号泣せよ煩悶せよ困頓《こんとん》せよ而して死に至らむのみ（以下略）

この手紙について子規はこう書いている。

「この親切なるかつ明鬯《めいちょう》平易なる手紙は甚だ余の心を獲たものであつて、余の考も殆どこの手紙の中に尽きて居る。ただ余にあつては精神の煩悶といふのも、生死出離の大問題ではない、……生理的に精神の煩悶を来すのであつて、苦しい時には、何とも彼とも致しやうのないわけである。しかし生理的に煩悶するとても、その煩悶を免れる手段は固《もと》より『現状の進行に任せる』よりほかないのである。号叫し煩悶して死に至るほかに仕方のないのである」

この手紙は病苦に対処するための三つの方法を述べているようだが、実は同じことを三通りに表現しただけと思われる。じっさい子規は、第二と第三を同じこととして受けとっている。第一のことについては、子規は依然としてコメントしていない。病苦の真っ只中で如来と共にあることを信じて安心するという、仏教用語に賛成しないのである。

しかし、「如来とともにあることを信じて安心する」ということは、病苦の現実の進行にまかせ、号叫し、煩悶して死に至るということと別なことではないのである。苦しい時には苦しいというよりほかに仕方のない凡夫が、そのまま如来の加護の中にあるということである。人間存在のこの真理を説いた本郷の某氏とは、おそらく明治の真宗改革者といわれる清沢満之《きよざわまんし》であろう。

意識の上では宗教を受けつけなかったかに見える子規もやはり、宗教的に生き且つ死んだのである。子規の有名な辞世の句はそのことを物語るようである。

糸瓜咲て痰のつまりし仏かな
痰一斗糸瓜の水も間にあはず
をとゝひのへちまの水も取らざりき

『病牀六尺』の最終回が新聞にのった日の翌日、子規は妹の律らに助けられて、やっと筆をもち、画板に貼った唐紙に、この三句を書きつけた。一句目を書いてから痰を切り、ひと息入れて、次の句を書き、また少し休んで三句目を書き、そこで筆を投じた、と言う。午前十一時ごろのことで、やがて深い昏睡におちいったが、翌十九日の午前一時、死は子規を訪れた。

三句とも絶筆として名高いが、子規の全作品の中に置いてみても、やはり秀作に数えることができると思う。辞世というものにありがちな、悲壮感とか、ものものしさといったものがまるでない。辞世らしくない辞世とでもいったらよいか、普段着の子規流が、純粋且つ豪胆に貫徹されている。

子規の病床生活が非宗教的、現実的、煩悩的であったことは、多くの人が書いている。『病牀六尺』その他の文章の上にあらわれた限りでの子規は、たしかにその通りである。しかし、子規の鋭い意識もとどかない心の奥底はどうだったろうか。少なくともこれらの句は、普通の無宗教者や現世主義者の作と同じではない。

黄色い糸瓜の花の光が仏のように、死にゆく子規を平和に包んでいる。拒否や覚悟や孤独といったものを超えた、何か限りなく明るい光である。

（月刊「健康」五〇四号、二〇〇〇年一月）

言葉となった如来

以前は浄土真宗の法座やお寺で、称名念仏の声が聞こえることはごく普通のことでしたが、最近はどこの法座でも、しだいに念仏の声が減ってきています。お説教を熱心に聴聞しておられる人びとでも、称名はしないでただ黙っている場合が多いようです。

もちろんご法義のさかんな地域では、そうではないと思いますが、全体としてはそのようになっていると思います。これは浄土真宗の信仰の根本に関わる重大な問題だと思います。というのは、浄土真宗の根本思想は、人間は南無阿弥陀仏の名号によって救われるということだからです。

如来の本願は、衆生をいわば手ぶらで救おうという本願ではなく、名号をもって救おうという本願です。いくら本願といっても、名号を通さないでわれわれがそれを知る方法はありません。そういう迷いの衆生のために、形なき本願が形をとったものが名号であります。それは、如来それ自身であるような言葉のことです。

『蓮如上人御一代記聞書』の中にも、つぎのように記されています。「他流には、名号よりは絵像、絵像よりは木像というなり。当流（浄土真宗）には、木像よりは絵像、絵像よりは名号というなり」

絵像や木像は如来の姿の写しですから、なお間接的であるのに対して、名号は実に如来それ自身の直接のあらわれだということです。人間を本当に救うところのものは、名号という如来の言葉以外にないという真理を、蓮如上人はたいへん具体的に説かれたのです。

現代人にはこの深い真理がわかりにくくなっています。そして、その理由は、言葉というものについての現代人の固定観念にあるように思われます。今日の多くの人びとは、言葉とは人間がお互いに自分たちの意思を交換するための道具だと思っています。現代人に一般化しているこのような言語観の元祖は、十七世紀のイギリスの哲学者ジョン・ロックです。

ロックによれば、言葉とは社会的動物としての人間同士を結びつける紐帯《ちゅうたい》、つまり人間同士のコミュニケーションの道具だということです。言葉は、人間と人間にだけ通用するものであって、人間以外のものや人間以上のものには通用しない、という考え方がロックによって確定されたわけです。現代人のほとんどは何らかの程度において、このロックの説の信奉者だと言えます。

もしも、言葉というものがそういうものだとしたら、言葉が人間存在を宗教的に救済するというようなことはありえないことになります。仏の名を信じ称えるだけで、人間が浄土に生まれ仏に成る、というようなことは、とうてい信じられないでしょう。しかし問題は、果たして言葉は、人間の道具にすぎないのか、ということにあります。

私はロックの考え方は、言葉というもののほんの表面だけを見た考え方だと思います。表面というのは、日常生活の中で使われている言葉の姿という意味です。たしかに実生活では、言葉はつねに何らかの目的を果たすための手段になっています。

たとえば、菓子店へ行って「このケーキをください」というのは、ケーキを手に入れるためです。ケーキが手に入れば、その言葉はもう用がすんだわけですから、お払い箱になって捨てられてしまいます。そういう風に、すべて実生活の言葉はいつも道具であって、用を果たしたとたんに消えてしまって、どこにも残りません。

実用性や功利性が目的になっている日常生活というところは、要するに言葉が生まれると同時に死ぬような世界です。私たちが平生、お互いに交換している言葉は、生まれたと思ったら、すぐ死にます。死ぬために生まれる言葉だともいえます。言葉が生まれて、育ち、成熟し、永続するということは、実生活においては決して起こらないのです。

それは、たとえば商品に外から貼ったラベルみたいで、実物を宿していない言葉だからです。親鸞聖人が、凡夫の世界のすべては、「そらごと、たわごと」だと言われたゆえんです。「そらごと」とは中身をもたない空しい言葉、うその言葉という意味でしょう。それを発言し、それを聞くことが、われわれの救いであるような、そういう言葉に出会えないのが、私たちの普通の生活であります。

しかし、これは言葉というもののすべてでは決してないと思います。言葉にはもっと深い次元があります。それは〝詩的言語〟です。

鷹一つ見つけてうれし伊良古崎

たとえば、この芭蕉の俳句を読むならば、伊良古崎の冬空を飛ぶ一羽の鷹の姿をありありと思い浮かべることができます。「鷹」「見つけてうれし」「伊良古崎」——これらの言葉はどれも、実生活での言葉のように、物のたんなる記号ではなく、実物をその内に宿している言葉なのです。鷹なら鷹という言葉が、日常生活の場合とはまったく別なはたらきをしています。

詩とは人間が語る言葉ではなく、鷹なら鷹が語る言葉が、人間の言葉になっている世界なのです。詩の言葉は何かの手段ではなく、目的そのものであるわけです。そうして、言葉の真相は、道具としての日常語でなくて、詩的言語にあると言わなくてはなりません。

南無阿弥陀仏の名号は、言葉そのもののこの深い秘密を語っているのです。私たちが自己中心的なはからいを捨てるならば、名号とは、私たちに語りかけ、私たちを生かしている仏それ自身であることに気づかされるでしょう。それは、決して人間の唱える呪文ではありません。名号は、およそ言葉の最も根源的な姿、仏それ自身のことなのです。言葉に迷い、言葉の中を出ることのできない衆生を救うために、自らが真実の言葉になった如来の底知れない慈悲に感謝するばかりであります。

（「南御堂」一九九三年一二月号）

良寛と鰈《かれい》

良寛にはいろいろとエピソードが多い。解良《けら》栄重《よししげ》という人が書きのこした『良寛禅師奇話』は、五合庵に住むようになってからの良寛の逸話を集めた本である。

草庵の厠《かわや》の中に筍《たけのこ》が生えたので、ろうそくの火で屋根を焼いて筍を外に出してやろうとして、あやまって厠を焼いてしまった話。熟れた秋穂が吼えるという村人の話を聞きとめて、そのことを実際にたしかめようと、一晩中、田んぼをさまよい歩いたという話。幼いときから故郷を出て父母の顔を知らなかった遊女が、父親が会いに来る夢を見た。良寛の姿を見て、自分の父親と思って泣いたという話。——どれもみな、良寛という、けた外れに大きい人間の面目をつたえている。

しかし、私が忘れがたいのは、この本の中には出ていない一つの逸話である。むろん、たんなる口碑にすぎないから、事実である証拠は何もないわけだが、不思議にリアルで、なまなましい感じを与える。

良寛がまだ栄蔵という名前だった子どものころ。あるとき父親から「そんなに親の顔をにらむと、鰈《かれい》になるぞ」と言われた栄蔵が、日が暮れても家に帰ってこない。心配して探しに出た母親が、海辺の岩の上にうずくまって、じっと暗い海面を見て、嘆きかなしんでいる栄蔵少年を見つけたという。

このエピソードはいったい何を物語っているのか。普通には一人の正直少年の物語と思われているようだ。良寛という人はさすがに、子どもの時分から正直な人であった。人の言うことをまともに受けとる莫迦《ばか》正直な人であった、という解釈がある。じっさい栄蔵少年は、村人たちの間では、「名主の昼行灯《あんどん》」で通っていた。しかし果たして、それだけで片づく話なのであろうか。

良寛は死んで無くなる自分ではなく、鰈に生まれ変わってくる自分の実在に不安を感じたのではないか、と私は思う。これは仏教に説く生死《しょうじ》の感覚である。おそらく少年良寛は、常日ごろ、そういうことをぼんやりと感じていたにちがいない。それが、父親の言葉を聞いて、にわかにくっきりと形をとったのであろう。

この鰈の逸話はすでにそれだけで、良寛の出家の理由をも物語っているようである。出家の原因については、いろいろなことが言われるが、要するに推測の域を出ない。本当の原因は、良寛その人の孤独な内部に求めるほかあるまい。

先年、良寛の生まれ故郷の出雲崎へ行くことがあった。日本海の青黒い秋の波を眺めているとき、ふと、この鰈の逸話が脳裡によみがえって、今さらのように夢さめる思いであった。

(月刊「健康」三〇五号、一九八七年八月)

天真のうた

沙門《しやもん》良寛がのこした長歌・短歌・旋頭歌は合わせて千四百首、少なくとも千首は下らないと言われる。このうち秀歌はまず五十首、もっときりつめると三十首だ、と言ったのは吉野秀雄である。しかも、この秀作三十首をもって良寛は、和歌文学千年の流れの中にはっきりとした存在を主張しうる。これは源実朝の秀歌の数と同じである、と吉野秀雄は書いている（「やはらかな心」）。

私の意中の良寛秀歌はむろん三十や五十ではない。その中からとび切り好きなものを五首だけ選び出そうとして迷いに迷った。

月よみの光を待ちてかへりませ

山路は栗のいがの多きに

むらぎもの心は和《な》ぎぬ永き日に
これのみ園《その》の林を見れば

山かげの岩間をつたふ苔水の
かすかにわれはすみわたるかも

いざ歌へわれ立ち舞はむひさかたの
こよひの月に寝ねらるべしや

あづさゆみ春になりなば草の庵を
とく出て来ませあひたきものを

おしまいにあげた歌は言うまでもなく、良寛の最晩年を虹のように彩った美しい尼僧貞信に与えた歌である。七十三歳の良寛は、この不滅なる愛の歌を死にいたる病の床で詠んだ。

どれもみな何というやさしさにあふれた歌だろう。やさしいというのはまず、どこにもむずかしいことばや化粧したことばがないということだ。つぎには、良寛という人のやさしい心ばえが、こちらにすっと伝わってくるという意味である。斎藤茂吉は良寛の歌風について、「単純と一気と無修飾で行く良寛」という風に評したが、至言だと思う（「良寛和歌私鈔補遺第二」）。どの歌も或る単純無比で直接なるものを、まるで光の微粒子みたいに撒き散らしているではないか。ここにあるものは実に、単純性と直接性だけがもたらしうる言語空間の比類なき充実だ。まさに良寛以外の誰も作れない歌だと思う。

このようなみずみずしい歌を詠んだ人は、詩歌の根本について世間の詩人たちとは、どこかちがう考えを抱いていたに相違ない、と想像することができる。良寛にとって詩歌はいったい何だったのか。

良寛がプロの詩人を嫌ったことは有名である。良寛の『草堂集』の序文の中で鈴木文台は、良寛が「詩人の詩」「書家の書」「膳夫の調食」の三つを嫌った、と書いている。解良栄重の『良寛禅師奇話』の中には、「書家の書」「歌よみの歌」「題を出して歌よみをする」の三つが出ている。これからすると良寛は、詩歌の玄人であることを拒否し、むしろ素人であろうとしたかに見える。しかしこの人はむろん素人ではなかった。良寛の歌は多くの禅僧の歌のような余技ではない。猛烈な鍛練があるからだ。それだけでなく、万葉集の核心に参入し、古今集以下の古歌の隅々にまで通暁していた良寛がどうして素人だろうか。彼は玄人中の玄人なのである。そのような本格的な歌人が、しかも詩歌における素人の立場を宣言する。これは詩というものの根本に関する重要な問題ではないだろうか。
この問題になると、しばしば引用される良寛の漢詩がある。すでにいくつかの解釈があるが、どれもみな私を満足させてくれない。

憐むべし好丈夫、閒居して詩を題するを好む。古風は漢魏に擬し、近体は唐を師と作《な》す。斐然《ひぜん》として其れ章を為し、之に加うるに新奇を以てするも、心中の物を写さずんば、多しと雖も復《は》た何をか為さん。

寛政七年、越後に帰って五合庵に住んでからの良寛には幾人かの詩友があった。これは当時の流行作家たちに対する批評である。彼らはみな詩が好きで、よく勉強する上に多作家である。いろいろと新しい工夫をこらし前衛的なスタイルも試みてはいる。だが一番大事なことを一つ忘れている。「心中の物を写す」ということだ。この根本的なことを忘れていては、どうにもならない。
「心中の物を写す」ことがないと本当の詩ではない、と良寛は言う。しかしこれは何を意味するのだろうか。いったい、詩が心中の表白でなくてはならぬ、というのは別に良寛の独創ではない。それは古くから中国の詩人たちが言ったことばだ。「詩は志を言う」とか「詩は心の声なり」とかは、漢詩の伝統を貫いてきた根本理念である。そんな自明なことばを良寛はなぜ、わざわざ言ったのか。言うまでもなく、自明なことがつねに忘れられがちだからだ。しかし、もしそれがつねに忘れられがちだとしたら、それはもはや自明なことではあるまい。「心中の物を写す」は、自明のままで実は謎ではないか。

もう一つの詩がある。

誰か我が詩を詩と謂《い》う、我が詩は是れ詩に非ず。我が詩の詩に非ざるを知らば、始めて与《とも》に詩を言《かた》るべし。

私の詩は世間でいうところのいわゆる詩ではない。もしそんなのが詩だとするならば、我が詩は詩とは言えない。むしろ非詩だ。しかし我が詩の詩ならざるゆえんを知る人のみ、詩の何たるかを真に知っていると言える。

一応はそういう意味だ。しかし、世間で言っている詩というときの内容は何だろうか。もしそれがたんに規則を踏んでいる詩というだけのことなら、良寛の詩もやはり規則を踏んでいるのである。良寛は歌でも漢詩でも定型派である。それなら何も自分の詩は非詩だなどと言う必要はないはずである。それでは「心中の物を写す」ことがないのが世間の詩、我が詩はそのような詩ではない、という意味だろうか。もしそうなら、むしろそういう世間の詩こそ詩に非ず、心中の物を写す我が詩が本当の詩だ、と言うだけでよかったのではないか。つまり、「我が詩は是れ詩に非ず」と否定を入れてくる理由は、やはりわからない。いったい、良寛は何を言おうとするのか。

詩の意識をはなれたところに初めて真の詩はある、ということを言いたいのではないだろうか。良寛が問題にしているのは、たんに詩の内部での傾向とか種類とかではない。詩というものの領域そのものを問題にしているのである。詩をそもそも詩たらしめる根本条件は何か、と問うているのだ。

良寛の考えでは、詩は「心中の物を写す」ことだが、それは決して人間の自己顕示、自己主張を意味しない。つまり、理解や評価をあてにした功用性のいとなみではない。人間の多くのいとなみは、そういう性質をもっているだろうが、少なくとも詩はそうであってはならないのである。もし効用の意識が入るならば、そのとたんに詩は詩でなくなる。詩にとっての最大の危険は他でもなく、詩もしくは詩人であることの自意識である。しかもこの危険はいたるところにあるのである。「我が詩は是れ詩に非ず」という良寛の句は、詩の根本条件は無心だということを言っていると思う。

ここまできて、私はヘルダーリンの詩句を思い出している。

いさおしは多い。
だが、人はこの地上に
詩人として住む。

人がこの世でする仕事はすべて、各自の能力や努力にもとづく。それらは各自の「いさおし」である。政治家、商人、学者、教師、家庭の主婦のいさおし。実に世界は「いさおし」でいっぱいではないか。だが、とヘルダーリンは言う。これらのいさおしの仕事を一つ残らず合計しても、人間がこの世に生きていることの根源にはとどかない。人生はいったい何のためか、という問いに答えることはできない。人間存在の最後の意味は、「いさおし」とは別な何かである。それは何か。詩のいとなみがそれだ、とヘルダーリンは言う。人間存在の底には、人間の力がもはやとどかないところがある。そこでは人間は素人でもなければ玄人でもない。詩とはそのような深みの次元に参加する人間存在のいとなみなのである。

　良寛が漢詩について言ったことはもちろん、すべての詩型に通じる普遍的なことである。良寛はこのような詩の普遍的な地平を「天真」という語で言いあらわしている。それは「いさおし」の影のささないところである。良寛はそこから生き、そこから美しいことばを生んだ。このような天真は、自我の意識の立場での純粋とか誠実とかをさすのではない。それは人間がつくる見せかけの真実ではない天地のあるがままのことだから、むしろ子どもの無邪気がこれに最も近い、と言わなくてはならない。つまり天真は、その悲しきまでのきまじめさのままで遊びと一つなのである。

人の子の遊ぶを見ればにはたずみ
流るる涙とどめかねつも

「去年は疱瘡《ほうそう》にて子供さはに失せにたりけり。世の中の親の心に代りてよめる」という詞書きがある哀傷歌として秀でている。しかしこの詞書きを外しても、一首はそれ自身で完結した一世界をもつと思う。つまり、幼な児を亡くした親の悲しみの歌としてでなく、遊びに我を忘れている無心な子どもを見た感動の歌として味わうこともできる。子どもの無心な遊びには遊びの意識というものがない。大人の場合は、どんなに遊びに没頭していても、死の念が頭をかすめたりすると、遊びの世界はたちまち消失してしまう。子どもは遊びの中に全世界を消失している。遊んでいて車に轢《ひ》かれて死んだりするのもそのためである。そこでは遊びは真実、真実は遊びである。そのような天真爛漫の世界が、わけもなく良寛の涙をさそうのだ。すばらしい歌ではないだろうか。

言うまでもなく子どもたちは、良寛の日常における最もうれしい訪客であった。彼らは精霊のようにやって来ては、この世の時間を停止させ、良寛をしばしば永遠の今へつれて行く。

この里に手まりつきつつ子供らと
遊ぶ春日は暮れずともよし

しかし、天真は良寛の歌の世界の根源であっただけではない。それはまた彼の歌の方法にもなっている。たとえばこんな歌がある。

秋の日に光りかがやく薄の穂
これの高屋にのぼりて見れば

材料らしいものといってとくにないこの一首の驚くべき充実は、どこからくるのだろうか。

それはひとえに、単純極まることばの力だと思う。一面の薄の白銀光に向かって、童児のごとく目を見はっている良寛である。

古今東西の多くの詩人たちは、事柄をことばに吸収しようと心血を注いできた。「語もし人を驚かさずんば死すとも休《や》まず」と言った杜甫は、このような道を果てまで行こうとした人である。しかるに良寛は反対に、ことばを事柄のあるがままへ還そうとする道を歩くのである。詩の頂上はKunstではなくNaturだという本能的嗅覚に似たものが、この詩人にはあったと思う。花開き鳥歌うような仕方こそ、彼のことばの理想だったのではあるまいか。『奇話』の中のつぎの逸話くらい、詩人良寛の原質を物語るものはない。

郷言、稲の豊熟するをぼなると言ふ。ぼなるは吼《ほ》なると言ふ事なるべし。師（良寛）、是を聞きて、稲の吼ゆるを聞かんととて、終夜、田園に彷徨せられしと。

別に気が変になったわけではない。「ぼなる」ということばの発生の現場に、自ら立ち合おうとしただけである。

（「晨」一九八四年九月号）

燃やし尽さん残れる命——西田幾多郎の歌から

燃やし尽さん残れる命——西田幾多郎の歌から

「もっと前向きに生きましょう」という言葉をよく聞きます。正しい知恵を言っていると思います。それどころか、仏教は実はこの前向きの生き方に徹底することを説いているのだと思うのです。

しかし、前向きとは何でしょうか。人生はいろいろな「変」から成り立っています。生まれること、老いること、病むこと、死ぬこと、みんな変のことです。前向きに生きるとは、これらの変の前で立ち止まらずに、これらと歩調を合わせて進むことだと思います。病気になったとき、今まで達者だったのに、どうしてこんなことになったのかと思うのは、後ろ向きの生であリましょう。病気の現在と一緒に歩いていないからです。若いころはよかったのに、と嘆いたとたん、後ろ向きです。前へと進む自分の老いにとり残されているからです。

現世しか持たないような生き方も、やはり後ろ向きと言わなくてはなりません。死の前に立ちすくまず、浄土へと一歩を踏み出すことのできる生こそ、本当に前向きだと言えるでしょう。往生浄土を信じない人生は、どんなに前向きと言っても見せかけに過ぎません。

親鸞聖人は、浄土の命ですら、なお立ち止まる最終点ではないということを教えておられます。往相廻向は還相廻向に転回するという聖人の力強い浄土真宗は、徹底的に前向きでありまず。

愛宕山入る日の如くあかあかと
燃《もや》し尽《つく》さん残れる命　　西田幾多郎

（「宗報」一九九五年一月号）

なぜ「いのち」は尊厳か

よくわかっているようで、あらためて問いなおしてみると、案外そうでない事柄がいくらもあります。今日、いたるところで耳にする「生命尊重」とか「いのちの尊厳」とかいうことばは、その代表的なものの一つではないかと思われます。

生命の尊厳ということばは、現代日本の社会で、いちばん力を持っていることばのようです。それ以外のことについては、どんなに意見がちがった人びとでも、いのちは大事ですねという点になると、にわかにお互いの意見は一致します。戦前および戦中、天皇崇拝という疑似宗教によって個人の生命が不当に軽視されたことへの反動もあって、今や「生命の尊厳」は神聖にして侵すべからざる、現代日本人の合言葉となっているように思います。個人のいのちが大事ということとは、別にその理由を問う必要もない、わかりきった暗黙の了解事項となっているわけです。この考え方は、一般の社会人だけでなく、仏教徒といわれる人びとをも、やはり支配しているのが今日の世相ではないか、と私は思います。

しかし、生命の尊厳ということは、決してそのように自明の了解事項たりえないのではないでしょうか。たしかに、生きていることは一つの事実であります。しかし、それがよいものか悪いものかということは、すぐにはわからないことだと思います。「大切なのは、ただ生きているということではなくて、よく生きるということなのだ」と教えたソクラテスの有名な言葉を思い出します。

いったい、われわれは何のために生まれてきたのでしょうか。早晩、死で終わるこの短いいのちに、いったい何の意味があるのでしょうか。われわれ一人ひとりのいのちをして尊厳たらしめているゆえんのものは何なのか。それを見つけないかぎり、どんなに生命の尊厳と言っても、本当は「おたがい、死にたくありませんよね」という心情を言いかけただけのことでしかありません。しかし、ただ死にたくないという消極的な心情と、いのちが尊いという自覚の積極性とは決して同じとは言えないと思います。

なぜ、いのちは尊いのかと聞かれたら、ほとんどの日本人はおそらく「いのちは一つしかないから」とか「人生は二度とないから」という風に答えるでしょう。最近では浄土真宗に属する人びとでさえ、このような答えをしていることがあります。しかし、一つしかないものは貴重とか有用とかいう性質、つまり「価値」を持つと言えても、「尊厳」を持つとは言えないと思います。

カントが言ったように、他のものの手段となる事物は価値（Preis）を持っているのに対して、人間の人格性はその自己目的性のゆえに尊厳（Würde）を持っているわけです。その場合、人格とは個人を個人たらしめている超個人的な、永遠不滅なもののことです。仏教で言う「仏性」に似ています。たんにこの世だけで消えてしまうものは、どんなに高価なものであっても尊厳とは言えないでありましょう。

そうしますと、個人のいのちが尊厳であるのは、死ねばそれっきりになってしまうからではなくて、個人を超えた大きないのちによって貫かれているからだということになります。個体をはなれていのちはありませんが、それにもかかわらず、個体のいのちは個体以上の次元に由来しているわけです。個体の内に生きていながら、しかも個体の枠の外にあふれているものであって初めて、物でなくいのちと言うことができるのです。個人のいのちを尊厳たらしめているゆえんのものは、実にこの超個体的な大生命に他なりません。

世界宗教の偉大な聖者たちはひとしく、個体を生かしているこの大いなるいのちに対する覚醒のことを語ったと言えるでしょう。たとえば道元禅師は「この生死（個体のいのち）は仏の御いのちなり」と言われています。親鸞聖人が「帰命とは本願招喚の勅命なり」と言われるときにも、われわれのはかないこの世のいのちが、生死を超えた如来のたのもしい「いのち」の海の上に浮かんでいるいのちであることを、教えてくださっているのだと思います。

「いのちは一つきり」という言い方にはどこか、いのちに個人の所有権を主張しているところがあるようです。しかし、われわれがそれに対して所有権を主張することができるようなものは、本当は尊厳とは言えないのです。そのためには、われわれがこの自分のいのちを捨てても悔いのないもの、個体のいのちよりももっと大事なもの、そういうものこそ尊厳の名にあたいするのです。それを親鸞聖人は「無量寿如来」とか「如来の本願」とかいうことばで示しておられるのだと思います。

個人のいのちが尊いというような現代日本人の合言葉に同調するだけなら、浄土真宗の生命論とはなりません。個人のいのちを尊厳たらしめているゆえんのものは何か、という問いと答えがあって初めて、浄土真宗の生命論と言えるのです。

（「宗報」一九九六年九月号）

Ⅵ 光

詩的創造について

1

人間は、いろいろなものを「つくる」という仕方において、この世界の中にある。実生活から文化や宗教にいたるまで、何らかの意味で制作的でないような人間のいとなみはない。「つくる」ということは、近代の実証主義の哲学者たちが生んだ制作人 (homo faber) の概念よりもはるかに広くて深い人間存在の地平である。しかし「つくる」とはいったい、どういうことであろうか。

最も広い意味での「つくる」ということを、ギリシャ人は「ポイエーシス」という言葉で言いあらわした。プラトンが『饗宴』の中で述べたように、ポイエーシスとは、一般にあらゆるものが非存在から存在へ移行する場合、その移行の原因のことを言う。大工が机や家をつくることも、詩人や作家の仕事も、ポイエーシスである。しかし、このような広い意味をもったポイエーシスという言葉が、じっさいには、とくに叙事詩や悲劇・喜劇や音楽をつくる場合だけに限って使われていることを、プラトンは注意している。

ところで、ポイエーシスとは何か、ということが厄介な問題となって現われてきたのは、芸術家たちのポイエーシスとは、実は「ミーメーシス」（物まね）だと主張されたことによってである。プラトンに由来するこの考え方は、アリストテレスの『ポエティカ（創作論）』の出発点でもある。ただ、この二人ではミーメーシスについての評価がちがっている。芸術上のポイエーシスはミーメーシスにすぎない、とプラトンが言うのに対して、アリストテレスの方は、ミーメーシスこそポイエーシスだと主張したからである。

周知のように、プラトンは『国家』第十巻で、詩人たちを彼の理想国家から追放することを宣言した。その場合の論拠は、感性界の事物をイデアの影と見る彼の存在論にある。現実の物は永遠なるイデアの影であるが、詩人の仕事はそういう実物を言葉によって彩色することである。だから、芸術上の作品は実は影の影であって、真実から最も遠い。空しい物まねの遊びしか知らない詩人たちを、国家の中に入れてはならない。

詩人のポイエーシスを物まねだというこのプラトンの議論は、詩に対してきわめて挑戦的、むしろ暴力的ですらある。『パイドロス』で、人間の仕事の最大のよきものは神からの贈り物である狂気によると言い、詩作をもその中に数えたプラトンと何というちがいであろうか。もっともプラトンは、国家から追放した詩人を彼自身の内にかくまったとも言える。哲学的思惟の清澄と想像力とイロニイとを比類なき仕方で合一できたこの神話の語り手の精神の中で、詩と哲学とは、独特の緊張をはらんで共存している。だが、これはプラトン個人の事情であって、詩人のポイエーシスは物まねにすぎないという彼の考え方だけでは、芸術論としては元も子もなくなるわけである。

2

アリストテレスは、プラトンと反対にミーメーシスの概念をもっと肯定的に考えている。叙事詩をつくったり、悲劇や喜劇をつくったり、ディテュランボスを創作し、音楽、絵画、彫刻を制作することはすべてミーメーシスだと彼は言う。芸術上の制作はミーメーシスにすぎないというのではなく、ミーメーシスにして初めて芸術の制作だという意見である。このように積極的な意義をもったミーメーシスは、もはや「物まね」と訳すわけにはゆかないが、それならどう訳すべきか。独創や創造とは正反対の物まねと取られやすいミーメーシスを、敢えて芸術的創作の本質を言いあらわす語として選んだアリストテレスの説は、常識論と正面から対立するだろう。芸術的創造というものの深い謎が、彼をとりこにしていたのである。いったいミーメーシスとは何か。

アリストテレスは、芝居の観客たちが俳優の演技を見て感動するとき、彼らは、俳優の扮装の下に俳優本人を認識しているのではなく、扮装を通して、それが呈示すべき人物を認識しているのだ、と言っている。つまり、俳優の演技を通して、王や軍人や泥棒をもう一度認識するわけである。だから俳優のミーメーシスとは、観客の眼前でこれらの人物を再現もしくは再生して、観客にそれを再認識させるいとなみである。この場合、再認識とは、一度おこなった認識をもう一度繰り返すことではない。ある人物をある人物として知ることである。それによって、王や泥棒は一過性や偶然性から解放されて、その本来的な性質を初めて示すことになる。

歴史家は実際にあったことを語り、作家はあったかもしれないことを語る。創作の語るところのものは普遍的なものだが、歴史の語るところは個別的である。それゆえ、創作は歴史よりも哲学的であり、価値のあるものだ、とアリストテレスが言うゆえんである。

ところで、そういう創作のいとなみの根本は、俳優が自ら演ずる人物になり切り、これと一体化しようとすることにあるのではないか。観客が感動するのは、俳優のミーメーシスがこの一体化を遂行したときである。物まね大会の演技と俳優の演技との本質的なちがいはここにある。物まねの場合は、まねる人とまねられる人物との間の距離が最後までのこる。この距離が極小になった場合に、見物人はそっくりだと言って、感心したり笑ったりするのである。物まねの原理はどこまでも区別である。しかるに、俳優のミーメーシスは一体化を原理とする。英雄や少女への変身の情熱とよろこびが、すぐれた俳優たちを捉えるのである。いかにしてこの変身と一体化は可能か。それは、演ずる自己と演じられる人物との間の距離を一気に跳ぶことによってである。物まねは連続だが、演技は非連続の連続である。そのためには、俳優は自己自身を否定しなくてはならない。

3

このことは、演劇だけではなく、すべての芸術的創作にあてはまるだろう。詩人は、世界の中のすべての物に変身し、これらのものと一体になろうとする。それが詩人のミーメーシスである。それは労苦なき安易な自己主張によってはおこなわれえない。万物の中へ自己を消すという自己否定が要るのである。もちろん、アリストテレスの言うミーメーシスの考え方の中に、このような芸術家の自己否定が明瞭になっているとは思われない。しかし、芸術はたんなる主観の感情の自己主張によっては生まれないことを、ミーメーシス論において説いたと言えよう。それが、近代のフランス古典主義とか、ヴィンケルマンやゲーテが芸術家にとっての本来的な習練とみなした自然研究と同じでないことは明らかである。それゆえ、ミーメーシスの根源的な意味は、芸術を想像作用や表現（Ausdruck）の概念で理解しようとした十八世紀以来の美学理論によっても汲みつくされえないと思われる。

晩年の西田幾多郎の哲学においても、制作や形成の問題が中心になっている。世界と人間の深みは、対象的認識や作用的反省の立場からではなく、制作の立場からのみ真に明らかにされうると言うのである。それゆえ、芸術的創作の問題があらためて西田にとっての大きな問題となる。「世界とは何か」という問いが、「芸術とは何か」という問いと一つに問われるのである。

西田哲学は、芸術的創作というものを人間の意識的主観の立場から出発して考えることに反対する。芸術のポイエーシスは、主観から客観へでもなければ、客観から主観へでもない。制作というものの底には、目的論的発展も因果的必然もありえない。すでに与えられたものがあるならば、制作というものはないのである。人間の制作の根底には、一つの非連続の深淵が裂けているのである。この裂け目を跳ぶ、という非連続の連続といった仕方でのみ芸術的創作は起こりうる。それは、人間が自分の主観的意識を破って、世界そのものの開けの場へ脱出するいとなみに他ならない。そうでなければ、芸術はたんなる空想か夢想にとどまるであろう。制作はわれわれの主観の内部の事ではなく、世界の中の出来事である。しかもそれは、歴史的世界それ自身の自己形成として起こる。世界そのものが制作的な性質をもっているわけである。世界それ自身がもともと制作的であるから、人間の芸術的制作は夢ではないのである。西田は書いている。「歴史的現実の世界は制作の世界、創造の世界である。……我々は制作的世界の制作的要素として、創造的世界の創造的要素として、制作可能なのである」(『哲学論文集第三』)。

4

西田が芸術的創作の核心に、主体の自己否定を見ていることは明白である。西田はそのことを、「作られたものから作るものへ」とか、「形が形自身を限定する」とかいう独特の言い廻しによって説いている。いたるところで繰り返されるこの文句は、必ずしも理解しやすくはないが、いくぶん具体的と思われる文章を引用する。

「作られたものから作るものへの形成作用というのは、絶対に相反するものの自己同一として物が作られ、作られたものは自己矛盾として亡び行く、しかもその亡び行くということが条件となってまた新たなる物が生まれるということである。故に絶対否定が媒介となる」

「歴史的世界において物が作られるということは、……与えられたとして有るものが、自己自身を消費することによって、自己自身を消すことによって生産することである、死することによって生まれることである。……それが作られたものが作るものとなる、創造せられたものが創造するということである」(『哲学論文集第三』)

西田の考えた芸術は、自然の模倣とか、物に客観化された主観の自己享楽というものではない。一般に自我の自己主張ではない。そうではなく、生死の場所である歴史的空間における人間の生命のいとなみである。それゆえ、主体の自己否定なくして芸術的創造というものはないのである。その場合、この自己否定は、人間が歴史的世界つまり宇宙それ自身の創造作用というものに没入し、これになり切って、これに習うという意味でのミーメーシスだと言えないであろうか。このようなミーメーシスは実物のコピーを作る物まねではない。自己を捨てて万象と共生しようとする一つの挺身のことである。

「松の事は松に習へ、竹の事は竹に習へと師の詞のありしも、私意を離れよといふ事なり。……習へといふは、物に入りてその微のあらはれて情感ずるや、句となるところなり。たとへ物あらはに言ひ出でても、その物より自然に出づる情にあらざれば、物と我二つになりて、その情誠にいたらず。私意のなす作意なり」(『あかさうし』)

これは土芳が記録した芭蕉の言葉である。本当の詩的創造というものが生まれてくる源泉は、自己の恣意的な情緒や空想を捨てて、物自身の語るところを聴き、それに習うということにある、と言うのである。芭蕉もやはり、一つの根源的なミーメーシスのことを言っているのである。

(「世界思想」一七号、一九九〇年四月)

思惟は客体化か

1

ものを考える、思惟するということはどういうことだろうか。考えるということは、人間がなすいろいろないとなみの一つとして言われる場合もあるが、一番肝要な事柄としても言われることがある。たとえば、「君の考え方はまちがっている」というような表現は、その人間の人柄全体についての評価をふくんでいる。「考え方を改めるべきだ」という場合も、その人の生き方そのものに関しての発言である。「よく考えることにする」とか「考え方が甘かった」とかいう場合でも同様である。考えるということが、人間がこの世を生きることにいつもついてまわるということは、哲学者の意見といったようなものではなく、人間存在そのものの事実だと言えるだろう。

もちろん、哲学者たちも人間存在を定義するのに「思惟」という言葉を選んだ。ギリシャの哲学者はむろんのこと、近世でもデカルトは「思惟するもの」と言い、パスカルは「考える葦」という言葉を使った。フィヒテやハイデッガーの哲学ではDenkenというものは、人間存在そのものの根源的な態度の名前になっている。直観と共に認識を構成する能力のことではない。人間が真理というものに関わる根本態度、宗教的信仰というものの本質は思惟に他ならない、と晩年のフィヒテは言っている。後期のハイデッガーが、ギリシャに始まる形而上学としての哲学を克服する途として、「存在の思惟（Seinsdenken）」というものを提唱したときにも、やはり人間存在の本質の中に思惟を再発見したわけである。「思惟するもの」というデカルトの定義の射程は、デカルト本人も予想しなかったくらい大きいのである。

しかし、思惟はたんに人間だけに限られるいとなみではない。神も考え、仏も考えるのである。たとえば浄土教典の一つである『大無量寿経』は、十方衆生をことごとく救おうという法蔵菩薩（阿弥陀仏）の本願の物語から始まるが、この本願を成就するために法蔵菩薩に要求されたことは、五劫という永い時間にわたる思惟だったのである。このことは、思惟というものは人間存在を超えた次元にまで通じるいとなみであることを示している。

それだけではない。たとえば『歎異抄』の中にはつぎのような有名な一節がある。

聖人のつねのおほせには、弥陀の五劫思惟の願をよくよく案ずれば、ひとへに親鸞一人がためなりけり。さればそれほどの業をもちける身にてありけるを、たすけんとおぼしめしたちける本願のかたじけなさよ。

この文章の中の「よくよく案ずれば」は明らかに一つの思惟である。しかしその思惟は、個人が私生活の上で出逢う個々の問題について思案したり、企業家や銀行家が経営について思案したり、学者が研究対象について考えたりするのとはまったく別な性質の種類の思案である。仏の五劫思惟の本願はひとえに、今・ここに実存する、この親鸞ひとりのために起こされたのだということが、心底から納得されるような思惟である。自分の信心についてのコメントや学的反省ではなく、信心そのものの自己反省、沈潜、自己開示としての思惟のことである。

2

このように一口に思惟といってもいろいろある。ここでは思惟のすべての場合をとりあげるつもりはない。ものを考えるということはすべて、物を客体化することであるという自明のようになっている意見についての疑問を出すだけである。

ものを考えるということは「我思う」ということを原理にしないことには不可能だという考

えは、現代でも多くの哲学者が信じているようである。思惟とは、考える自分がこちら側に立ち、向こう側に考えられるものが立つ場合にしか起こらない。考えるものと考えられるものとの間に距離をとり、物を客体化することが、考えることだというふうに誰もが思っている。

言いかえると、ものを考えるとは、自分は物ではなく、物を見るものだという主張である。考えるためには、われわれは物であってはならない。物とならないことが、ものを考える唯一の条件だということだ。しかしながら、「物となって考え、物となって行う」ということは、後期の西田哲学の根本的な考え方である。

いったい、考えるということは、自分は物ではないという立場をあくまでもやめないことなのか。それとも、自分が「我思う」という自己意識の卵殻を突破して、物そのものになってしまうことこそ、本当にものを考えるということの根本条件なのか。一生、過去の哲学者たちのテキストの歴史的研究をするだけでなく、ものを徹底的に考えるという哲学本来の仕事をやろうとする哲学者なら、これは本気に腰をすえて考えてみるべき問題ではないだろうか。

いきなり西田幾多郎の言葉などを引くと、西田哲学などは東洋的心境や禅の悟りの体験に哲学の着物を着せただけのものだというくらいに思っている日本の哲学者たちも多い現代であるから、この問題を本気に考えたヨーロッパの哲学者の言っていることも聴いてみよう。

思惟、とくに哲学的思惟とは、物を客体化することだという見解に対する根本的な異議はハイデッガーに見られる。私はハイデッガーについての専門家ではないが、たまたま手もとにある彼の本を開いたら、そのことが書かれてあったので、たいへん正しい考え方だと思って共鳴したわけである。

3

ハイデッガーによれば、すべての思惟は事柄を表象する、自分の前に立てる（vorstellen）という仕方での客体化（objektivieren）だという主張は、批判の洗礼を受けないままで、近代ヨーロッパの種々の哲学的思想の根底に今日でも生きている。しかし、そういう客体化としての思惟は、自然科学的な経験についてのみ妥当するにすぎないと彼は言うのである。「カントにとって客体とは、自然科学的経験の実存する対象のことである。あらゆる客体（Objekt）は対象（Gegenstand）である。しかしあらゆる対象（たとえば物自体）が可能的客体なのではない。定言的命法、倫理的当為、義務は、自然科学的経験の対象ではない。これらのものが考察され、行為において意志される場合でも、それによってこれらのものが客体化されているわけではないのである。……あらゆる思惟は思惟として、客体化することだという主張は根拠を欠いている。そういう主張は、現象の軽侮にもとづくのであって、批判の欠落を物語るものである」（Heidegger, *Das Problem eines nichtobjektivierendes Denken und Spre-*

chen in der heutigen Theologie, 1964)。

道徳的経験が客体的に思惟されえないということは、客体化されると、思惟が対象からはずれてしまい、見当ちがいなものを考えてしまうことになるという意味であろう。禅の言葉を借りて言えば、「向はんと擬すれば『即ち背《そむ》く』」(南泉)ということであろうか。しかし、それはいかなる意味でも思惟されえないということではない。客体化されない仕方で思惟されているということである。

ハイデッガーによれば、客体化されえないものは道徳的経験だけではない。絵画や音楽の美しさに襲われるという芸術的経験もやはり、客体化する思惟ではない。それどころか、人間の日常経験はすべてそうである。たとえば、目の前に美しく咲き誇っている薔薇が、われわれの心を喜ばせたとする。そのとき、われわれは薔薇を向こうに立つ一つの客体として受けとったのではない。植物学的な存在としての薔薇は時空の中にある客体であっても、われわれがそれに見とれ、放心し、心楽しくなったところのものは、時空の中にありながら、しかもそれを超えた次元にある。それは、日本の伝統詩人たちが感得した「友」としての物の存在である。

愛する者のことを考える場合でも同じである。恋人のことを想ったり、病気の友のことを心配したり、親が子どもの運命についてあれこれ思う。このような場合の思惟の対象は決して客体ではない。これらの思惟は、客体化ではない仕方で、正しく対象を捉えているわけである。

それは、考えられるものとの間に距離をとる客体的思惟と反対に、この距離を跳躍して相手自身の身になるという思惟である。

十方衆生をことごとく救うという弥陀の本願の根源にあった「五劫の思惟」とは、弥陀が衆生というものの身に本当になった場合である。それは弥陀の「我思う」ではない。我は微塵もなく、衆生のことだけが考えられていたのである。そういう思惟は、弥陀が衆生の身になることに他ならない。西田が「物となって考える」と言った思惟の典型と言えばよいか。

客体化する思惟は存在しないとか、誤った思惟だとか言おうとするのではない。思惟が客体化として成り立つのは事実であるが、それは自然科学的な経験の領域においてだけだというのである。物を客体化することは思惟の本質ではなくて、思惟の局地的な性質にすぎない。

思惟の本当のあり方とは何だろうか。物を我の支配圏の中にとり入れることとは反対に、物が物自身であるような姿において、物を保ち、受け入れる態度、所有や支配でない態度のことではないだろうか。すべての物たちとの共生のことだと言ってもよい。現代では客体化的思惟が生のすべての領域にまで吟味なしに拡大されてしまった。しかし、すべての思惟は客体化だという考え方は、実は一つの習慣であって、思惟とは言えないのではないか。このような習慣化した思惟を破ることこそ、真にものを考えるということではなかろうか。

（「世界思想」二七号、二〇〇〇年四月）

ニヒリズムとの壮大な闘い――『西谷啓治著作集』書評

久しく待望されていた『西谷啓治著作集』全十三巻（創文社）が刊行を続けている。もとよりこれは、著者の思想の全体ではない。今日までに公にされた諸著作と代表的な研究論文の中から集成されたものの第一期分の刊行である。今回の収録に洩れた諸論文、および既発表の講演、講義、エッセイ、随筆などは、第二期の刊行予定に入っている。その他にもかなりの分量にのぼる未発表のものがあると聞くが、それらはなお、著者の創造的精神の混沌の内に没している部分である。

ともかくこの両期の刊行をもって、この哲学者の思想はひとまず、その全容をわれわれの前に呈することになる。我が国はもとより、国際的な思想の舞台における重要な貢献であることは言をまたない。たとえば、第十巻に収められた主著『宗教とは何か』は、その独訳と英訳を通じてすでに、欧米の哲学、神学、宗教学の専門家たちのあいだに、強いインパクトを与えている。哲学の空位という疑いが持たれている今日の日本の精神状況の中に出現した、滔々たる哲学的思惟の本流である。しかしそれは、ただ感嘆して眺めておればすむというような筋合いのものではない。われわれ自身の思惟を催促してやまない屈強な挑発力を、底に秘めていると思われるからである。

全十三巻の表題を見ただけで、哲学と宗教に関するほとんどすべての問題領域が、著者の思惟の長大な射程の中に入っていることがわかる。アリストテレス、プロチン、アウグスチヌス、エックハルト、デカルト、後期シェリング、ヘーゲル、ニイチェ、ベルグソン、ハイデッガーなどの西洋哲学の重要な諸思想に関する的確な理解は、著者の特色の一つであって、そのことだけを見てもすでに、我が学界に対する非凡な寄与である。

西洋哲学についてのたんなる哲学史的研究でもなく、自分の哲学の立場から相手の思想を構成しがちな、いわゆる「対決」でもない。アリストテレスならアリストテレス、ハイデッガーならハイデッガーの思想のあるがままの姿に自己を合わせての真の理解（解釈）である。近ごろの学界では解釈学という方法論ばかりが盛んで、解釈そのものは一向に実行されていないのではないか、と思われるふしがないでもない。そういう方法論倒れとちがって、著者は解釈の名手なのである。この方面でも後学はこれからも、著者から多くの恩恵を受けなくてはならない。

しかしこのことはなお、著者の功績の一半でしかない。というのは、これらの西洋哲学に関する研究は、著者自身の課題を解くために、いわば著者がとった迂路だからである。著者の根本課題とは、ニヒリズムとの闘いである。「哲学以前と哲学とを通じて、私にとつての根本的な課題は、簡単に言へば、ニヒリズムを通してのニヒリズムの超克といふことであつた」(「私の哲学的発足點」)。ここで言われるニヒリズムとは、ニイチェが言った「神は死んだ」という情況である。つまり、昔から人生や世界の無意味さの気分を克服する立場であった宗教や形而上学が崩れてしまった境位のことである。それは、強力な薬品の発明によって一旦は殺されたウイルスや病菌が、抵抗力を得てもういっぺん現われた場合にたとえられる。

若い日の著者の魂を襲ったこのニヒリズムの経験が、著者を西田幾多郎の門へみちびくことになったのだが、やがてそれは著者自身の内部で、現代文明の根底にあって、ほとんどすべての事象を包括する巨大な問題にまで成熟する。マルキシズムの問題、科学的知性や合理性、テクノロジーなどの問題、宗教と科学との対立の問題などはすべて、ニヒリズムにつながる問題として究明されている。これは言うまでもなく、かつてニイチェが歩いた戦場であるが、著者は著者自身の独自な仕方で歩くのである。それは、ニヒリズムの底をくぐって、これを克服しようとする壮大且つ雄勁な思惟の闘いに他ならない。それゆえ著者は、現代文明がはらむいろいろな問題の根本は、いかなる既成の宗教や哲学思想によっても解決できない、という考え方に立っている。これは楽観論ではないが、そうかといって普通の意味での悲観論でもない。楽観や悲観によってはどうにもならない激しい事実そのものの直視のことである。

そういう闘いの中で著者は、大乗仏教の「空」の立場、とくに禅仏教の己事究明の立場にいたりついているように見える。ニヒリズムはまさしく、禅でいう「大疑」の現代的形態に他ならない、と著者は見ている(第十一巻『禅の立場』)。従って問題の解決の方向も、禅の立場の内に探られている。

しかしこれは、問題を禅の土俵に持ち込むことではなく、反対に禅を現代の問題の場面へつれ出すことなのである。禅が世界の救世主だというような説教を述べているのではない。それゆえ、禅に親近感を抱く人びとが、我が意を得たりと思って安心するならば、お門違いということになるだろう。著者が言う禅とは、たしかに在ることがわかっている蔵の中の宝物のようなものではない。一宗派としての禅宗の教えでもなければ、禅という権威にもたれかかっている怠惰な専門家たちの独占物でもない。そうではなく、著者が自己存在のマグマ地帯のような深みから、自らの手で掘り起こしてきたところのものである。著者の思想の結論を有難がるだけでは何事も起こりはしない。同じことはそのまま、著者の意見に反対する人びとに対しても言われなくてはならないだろう。反対の理由、およびこれに代わりうるだけの考えを提示することが要求されているからである。

いずれにしても、われわれは再びわれわれ自身に連れ戻されるであろう。そしてまさしくこれこそ、本物の思想というものの持つ性質である。この著作集が、われわれ自身の思惟を催促する挑発力を蔵している、と言ったゆえんである。

（「正論」一九八七年五月号）

詩の防衛——『保田與重郎全集』書評

1

『保田與重郎全集』全四十巻が、いま講談社から刊行中である。この批評家の高名は昔から知っていたが、精しく読んだことはなかった。年少のころ、一度その文章に触れて、何だかとっつきにくい文体にとまどったような経験があったかと思う。しかしその一方では、激しい毀誉褒貶にさらされてきた、この批評家の思想の実際を、この目でたしかめてみたいという気持ちは、心のどこかに絶えずあったわけである。今度、全集が出はじめたのを機に、その著作をいくつかまとめて読むことになった。ついでなので、これまでに保田與重郎や日本浪曼派について書かれた二、三の文章にも、目を通した。

この批評家の実像はまだまだ濃い雲霧の中に閉ざされているように思う。保田與重郎については、いろいろと書かれてきているが、まだほんの僅かのことしか思惟されていない、とさえ言いたいくらいである。この批評家の頑強な反近代主義というものの源泉にあるところのものが、今日の社会の中ではたいへん孤独な思想であることを知らされたからである。保田に対する讃美も非難も要するに、この孤独な思想にはとどかなかったように思われる。いったい、それは何であったか。

保田與重郎には、かなり永いあいだレッテルが貼られていた。日本主義者、ファシスト、帝国主義戦争の代弁者等のレッテルである。日本浪曼派が始まるとすぐ、主としてマルクス主義文学の立場から描かれたこの保田像は、戦争直後の風潮の中で一層支持された。しかし間もなくこの保田像は修正され、今日ではほとんど崩れてしまっている。保田が右翼のイデオローグとして見えたのは、見る者のイデオロギー的偏向が生んだ幻影であったことがはっきりしたからである。橋川文三の『日本浪曼派批判序説』（昭和三十五年）などは、保田像のこの修正に寄与した仕事の一つと言えるだろう。

いったい保田は、マルクス主義文芸だけを敵にしたわけではない。保田が対決の相手として視野に入れていたところのものは、明治以後の文明開化の日本の全体であった。近代という文明原理そのものが、はじめから保田にとって問題となっていたのである。マルクス主義文学が批判されたのも、それが文明開化史の最後の段階として捉えられたからである。「文明開化の論理の終焉について」（昭和十四年）という論文の中で、保田はこれに対決する自分の日本浪曼派の立場を、「次の曙への夜の橋」という風に表現している。「夜の橋」というのは、浪曼的イロニーというものの象徴的表現である。それは一定の現実への対策という意味での昼の橋ではない。むしろ、そのような現実的な架橋というものをすべて否定する立場を言う。保田は、自分もその中にふくまれる近代日本の現状の全部に対して、イロニーという否定をつきつけたのである。だから保田にとっては、マルクス主義と反対の当時の日本主義文芸も承認できなかった。当時の日本の国策に便乗した日本主義文芸は、保田の言う「夜の橋」を経験していないからである。今日の日本主義は、かつてのマルクス主義文芸がそうであったように保身の術である、と保田は言う。両者は一見正反対に見えて、裏側では同一の頽廃を分け合っていると言うのである。

2

保田の思想の本質をなすところのものが、一切のイデオロギーへの不信であることは、疑えないであろう。かつて三木清を当惑させたのも、保田の日本浪曼派のこの極度の非政治性であった。「彼らの戦ひは一定の戦線といふものをもたぬ。しかしフロントを持たない戦ひは戦ひと言はれうるであらうか」、と三木は書いている（「浪曼主義の擡頭」昭和十年）。当時すでに局地化しかけていたこの哲学者の視座は、保田を理解できなかったのである。

保田のこの考え方は、戦争中も変わっていない。戦争はむしろ日本の軍国主義と保田の思想との距離を証明したという方がよい。たとえばそのころの保田は書いている。「事変の地盤を問ふて事態を楽観すべきか悲観すべきかを考へるには、私はすでに史興と詩趣を感ずる詩人でありすぎる」（「アジアの廃墟」）。保田は戦争という現実（保田はこれを「政治的浪曼主義」と呼んだ）に対してすらイロニーを貫いていたのである。要するにこの批評家が、日本の政治的現実の方へ自分の思想を合わせたという事実は一つもないのである。戦争という激しい現実の最中でなお、「史興と詩趣」というごとき不敵なる言葉を言わしめ得たところのものは、保田の内部の何だったのか。

日本主義者としての保田像が崩れた後に残ったものは、保田は要するに「限定不可能なあるもの」だ、というような常識論である。たとえば竹内好はそのような見方をする一人である。保田の思想は「空白なる思想」であるのに、それを実体的なもの、限定可能なものとして捉えようとしたところに、これまでの保田批判の失敗があった、と竹内は言っている（『近代の超克』冨山房、昭和五十四年）。

だが、「限定不可能なあるもの」という風に保田を神秘化するのでは、批評や理論というものを自分で捨てることにならないか。というよりも、保田がそのように見えるのは、近代合理主義という視座に立つからだと思う。それは保田が否定しようとした立場にすぎない。批評的理性を信じることと、合理主義を信じることとは別である。そういう合理主義というものを疑ってみることから、保田の近代文明批判は出発したのである。保田が不可解な化け物に見えるのは、自分自身に安心している合理主義的知性だからである。知性が知性自身を疑うところまで生き生きと目覚めるなら、化け物は消えてしまう。

3

保田の雄大な反近代の構図の根底にあったところのものは何か。「詩」の原理だと私は思う。そういう詩とは何か。それは私小説やリアリズム文学によって慣らされてきた我が国の近代詩の観念とは別のものである。むしろハイデッガーがヘルダーリン論の中で言う、詩に通じるものである。

ハイデッガーは書いている。「詩は歴史を支える地盤である。したがって詩はたんに文化の一現象というようなものではなく、まして〈文化精神〉のたんなる〈表現〉ではない」。詩は自我の体験の表現ではなく、聖なるものが言葉の中に自らをあらわす事件だ、と言うのである。言葉による「存在」Sein の建設が詩である。この世にあって、この世ならざるものにつながるところに詩といういとなみがある。ハイデッガーの言う「聖なるもの」「存在」にあたる原理を、保田は「他界」ということばで言いあらわすのである。

近代日本文学には他界の観念が欠けているということが、早くからの保田の主張であった。戦前の保田はこう言っている。「無辺際の精神は誰よりも人生に苦しんでゐるが、いつも天国を持つてゐる。そこに詩人の権利がある」。「人間は神と悪魔との賭である。現世はさういふ機縁にすぎない」。「他界だけを考へた男たちの運命がある。他界から人間へ堂々と迂回してくる芸術の道がここにある」(『他界の観念』昭和十年)。これは北村透谷について述べた文章であるが、戦後の保田は同じ思想をもっと一般化して、つぎのように書いている。「文学の世界は、存在してまた存在しない世界である。万人が見なかつたかもしれぬところのものを、見る人があつて、やがてそれは多くの人に見えるのである。妥当なことばでいへば、他界が感覚としてあるのが、文学の世界である。文学が成り立つのは、リアリズムといふ現実のうへではなく、他界の荘厳である。他界のない作家は文学者ではない」(『文人の信実』昭和四十八年)。

保田を彼以外の反近代主義文学者たちから区別するところのものは、実にこの「他界」の原理であった。保田のこの他界が、人びとを魅惑すると同時に反発させたのである。保田が近代文明の全体に挑戦したのは、この他界の原理を拠点とすることによってである。「近代とは因果律が、観念内を蹂躙した意味である」(『エルテルは何故死んだか』)。近代とは要するに他界の喪失、たんなる現世のことである。「近代は初めより無意味だった、価値でない、私はその近代の終焉をのべるのである」（『エルテルは何故死んだか』解題）。多くの心情的反近代主義文芸はついに、保田のこのラディカリズムに追いつくことはできない。所詮、現世をたのしむにすぎないからである。

4

保田の思想のこのような本質に、最も近づいたと思われるのは、江藤淳の批評である。江藤は日本浪曼派の問題を「文学」と「神話」の関係としてとらえる。「われわれはこの審美家グループにおいて、「人間」と「神話」、ないしは「文学」と「神話」との接点に立っている」。「それは明治以来の日本の近代文学の全体につきつけられた古い「神話」の側からの挑戦状として理解されるべきものである」（『文学集成』4）。江藤のこの理解は正しいのである。問題はこのような事実をどう評価するかである。近代文学に対する「神話」の次元からのこの挑戦が、人間や文学の破壊を意味するにすぎないのか、それともこれらを防衛する意味をもつのか、という点についての判断だけが残ってくるのである。

言うまでもなく、保田は防衛しようとしたのである。保田が近代文学に挑戦したのは、それがとりもなおさず、人間と文学における頽廃を意味すると思われたからである。保田の戦いは文学の自己防衛であった。たしかに江藤の言うように、神話がそのまま文学ではない。神話の意識化が文学である。しかし神話を意識化するとは、神話をたんに殺してしまうことを意味しない。文学が神話を完全に失ってしまうならば、科学と技術しかないであろう。神話は文学の永遠の母である。それはおとぎ話とか空想とかではない。神話とは根源的な言語の圏のことである。言葉が事物についてのたんなる符号とならずに、事物それ自身を宿すものとして機能している次元を言う。文学が言葉をもってするいとなみであるかぎり、文学はいつの時代でも、このような神話の次元を離れてしまうことは不可能である。いかなる文学も、その核心に最小限度の神話をふくまなくてはならぬ。文学が神話の意識化であるという意味は、合理的意識の圏を神話の高みにまで上昇させるということである。合理的意識の中で神話を蒸発させてしまうことではない。そんなことをしたら、たんに神話だけが喪失するのではなく、文学そのものが喪失してしまうだろう。神話を喪失することは、文学と人間の自己喪失である。保田が日本の近代文学の実状の中に見たものは実に、文学のこの自己喪失の危険に他ならない。

保田は「詩」を言い、「他界」を言ったが、それは要するに、言葉の根源的な機能を因果律から防衛することだったのである。現代の人間を襲っている本当の危険は、決して神話の側からのものではない。その正反対の方向にあるテクノロジーの側からの危険である。それは人間の生物的存在をおびやかすかもしれないというような危険のことだけではない。地球的な規模にまで拡大した技術的意識が、生きた人間のことばを記号に変え、かくして人間存在の無根化をひきおこす危険のことである。

保田のこのような近代文明批判は、どこかハイデッガーの立場を思わせるところがある。たとえば保田は萩原朔太郎についてこう書いている。「日本の大方の新詩が、ことばによつて歌はうとしてゐたとき、彼はことばの持つ宇宙的創造的意味を完全に歌ひあげた。彼はかかるものとして日本の歴世が防衛してきたことばの機能を現代の中で防衛した。われわれの国語は依然として一人の詩人によつて防ぎ衛られる」。これはハイデッガーがヘルダーリンの詩の中に発見したものと、根本では同じ思想だと言ってよいだろう。

(「正論」一九八六年八月号)

フィヒテ復興のために

「日本フィヒテ協会」が世界で最初のフィヒテ協会として発足したのは、一九八五年五月十九日、フィヒテ生誕の日であった。これはミュンヘンのラインハルト・ラウト教授の熱心な勧奨にもよるものであって、当時、ドイツにはまだフィヒテ協会は生まれていなかった。それから二年後の一九八七年十二月、ドイツに「国際ヨハン・ゴットリープ・フィヒテ協会」が設立されたが、その正式名称には「日本フィヒテ協会との提携」という言葉が入っている。以来、両協会は密接な連絡をとりながら、研究者の相互交流と研究活動の進展をはかって今日にいたっている。

しかし、ドイツの協会が発足と同時に機関誌『Fichte-Studien』を刊行し、現在すでに五巻を重ねているのに対して、われわれの協会には、これまで紀要のみで研究機関誌がなかったことは、何といっても研究集団としての画龍点睛を欠く思いを禁じえなかった。その永年にわたる念願がようやくかなって、ここに『フィヒテ研究』の創刊号を世に送り出すにいたったことは、われわれの大きなよろこびである。

フィヒテからわれわれは何を学びうるだろうか。フィヒテ哲学の現代的意義はいろいろあるであろう。しかしその最大の魅力は、いわば源泉というものの持つ魅力にたとえられうるのではなかろうか。西洋哲学史における最高峰の一つであるドイツ観念論の豊饒な山水は、その源をフィヒテに発してシェリング、ヘーゲルに流れたのである。しかもフィヒテはまた、西洋哲学の全歴史の中で、「自己」という哲学の原理を最も深く掘り下げたDenkerでもある。フィヒテの思想に見られるこのような二重の意味での源泉の性格は、今日もなお、われわれの哲学的思索の現在の根元そのものを養う、不朽の力を秘めているにちがいない。

今日の哲学者たちの仕事は多く、部分領域の研究、特殊課題の研究、歴史的研究に陥っていて、体系的研究というものはもはや不可能になったという確信めいたものが、一般にひろがっている。諸科学の分化が進むにつれて、学問の全体的なつながりが見失われてきたことは、現代文明の根本的な疾病と思われるが、この疾病が哲学者たちの思考の中へもいつのまにか侵入しているわけである。これは哲学にとってはまさに、致命的な危険を意味している。今日、哲学の生命は、姿を見せない不気味な敵の襲撃にさらされていると言わなくてはならない。しかし、もしわれわれが、それでも哲学の可能性を断念しないのなら、この現状の上に開きなおることはできないはずである。

そういう状況を打開する途は、フィヒテが『知識学』という形で遂行したような、強靱な思惟の力を回復する以外にはないであろう。解体と孤立の相を呈している今日の哲学的状況を正しく診断しうるものは、解体と正反対の体系的思惟に他ならないからである。各人の自己の究明こそ哲学の原点であることを教えたフィヒテは同時にまた、学的認識が人間存在にとって不可欠の条件であることをも教えたのである。フィヒテが発見した自知と学知とのこのような合一点は、哲学の名にあたいする哲学の、不易なる立脚点である。

フィヒテの哲学は、たんに西洋哲学史の中に創造的な位置を占めるだけでなく、われわれが養われてきた東洋文化のもつ思想的課題との対話を開きうるような次元をもふくんでいると思われる。フィヒテの哲学がわが国に移植され、わが国の文化に培われて新たな意義と生命を得るようになることは、六十年前の西田幾多郎の願いであったが、それはこれからの日本のフィヒテ研究者たちに負わされた重要な課題の一つと言えるだろう。

われわれの『フィヒテ研究』が、協会員諸氏の、とりわけ若い研究者たちの、情熱的で尖鋭な論稿を集める自由な開放空間となり、日本ならびに世界のフィヒテ研究の前進と東西思想の交流に役立つことを念じてやまない。

（『フィヒテ研究』創刊号、一九九三年一一月）

『浄土系思想論』の大拙

鈴木大拙の名は言うまでもなく、禅を中心にした仏教を現代世界に伝える先駆的な仕事をした人として世界に知られている。しかし私は、禅仏教の方面の大拙の著作については、あまり熱心な読者だと言うことはできない。禅に関しては、私はむかしも今もまったくの門外漢である。とくに理由というほどのものもない。禅宗とはどこか肌が合わないというか、まあ御縁がなくて今日まで来てしまったというのが正直なところである。

大拙が放つ新鮮な光芒は、鈴木大拙全集第六巻に収められている『浄土系思想論』その他の論文や、第十巻に載っている『妙好人』をはじめとするいくつかの論稿から、私にとどいたように思う。浄土真宗に属する人びとは、大拙の真宗は禅の立場からの見方だというかもしれないが、私は決してそうは思わない。そうではなく、禅とか真宗とかいう既成のドグマの枠から自由になって、真宗信仰の本質を発見しようとする志願がどの作品にも感じられるように思われる。

門外漢が言うのも変な話だが、大拙によれば、現実の体制になっている（教学としても教団としても）禅宗と禅それ自身とは、どうも違うようである。大拙が生きていた世界は、禅宗ではなく禅そのものの方であったと思う。禅それ自身というのは、既成のどんなドグマや信仰箇条といった枠をも持たない、人間のあるがままの自然な生き方、いわば赤子の心と言ったらよいか。一般にどの宗教でも一定の教義を持つから、長い伝統の中でこれがすべての基礎になって、宗教としての生命の固定や硬直が起こりやすい。大拙が禅仏教に注目した理由はおそらく、禅にはそういう枠がないという点だったのだろう。宗とならないところに本当の禅がある。そこからはどんな異質なものの内へも自由に入ってゆける。大拙が浄土真宗の解明にあんなに精力的に熱情を傾けたのは、そういう意味での禅の本質を生き生きと実践することだったとも言える。

もちろん、禅とはそういうものだということは、大拙だけでなく、いろいろな禅者によって説かれるところである。しかし、そういう種類の言説には、どこか禅くささというか、一種の気どりがともなう場合が多い。大拙にはそういうものがないのである。学者くさい、教師くさい、坊さんくさい、茶人くさい、その他さまざまな「くさみ」というものがあるだろう。しかし、赤子くさい赤子ということは聞いたことがない。赤子はただ無心に赤子であり、その自意識がないからだ。そのものに本当に成り切ったときには、何々くさいということはない。

禅には禅のくさみがあるように、真宗には真宗のくさみがある。大拙の浄土教論は、真宗の信心や教学が永い伝統の中で、いつのまにか身にまとい、それが気づかれないでいる一種の真宗くささみたいなものを指摘して、既成の殻を破って真宗本来の生命をもう一度躍動させようとした仕事である。その意味では、清沢満之や西田幾多郎がそれぞれの仕方で試みた仕事と共通していると言ってもよい。仏教の根本精神を伝統的な枠から取りはずして、現代世界の人間の現場へもたらすという、勇敢で壮大な事業である。

大拙は『浄土系思想論』の中の論文「我観浄土と名号」で、真宗教学の正統派の学者たちに共通した基本的な傾向に対して率直な批判を加えている。あらまし次のような要旨である。

これまでの真宗教学では、浄土は時空の世界の彼岸におかれ、これについては普通一般の論理を適用することを拒絶するというところでとどまっている。浄土は地球上の存在ではないし、弥陀は歴史上の人物ではない。だから論理や科学的知性をもって、これらのものの有無を論ずべきではないというのが、伝統教学の立場である。しかるに大拙によれば、この種の考え方だけでは、知識人を納得させることはできない。知識人を納得させることができないということは、大拙が自然科学的なものの考え方を是としているという意味ではない。そうではなくて、真宗教学のこのような発想は、宗教経験や仏法の真理というものを本当に解明するやり方としては不充分なのだ、という意味である。
真宗教学のこのような立場は、自分では気づいていないが、歴史とか科学、時間や空間、有とか無とかいうものについての、いわば常識的な考え方を前提している。しかし大拙は言っている。

歴史と言ふもの、科学と言ふもの、空間・時間と言ふものを認めて、而してそれから出るとか出ないとか、それに依るとか依らぬとか言つてはいけない。今一歩進んで、その歴史・科学・時間・空間等と言ふものは何だといふことを究めてかからねばならぬ。何故かと言ふに、宗教生活・宗教意識、又は仏教体験・真宗信仰なるものは、対象界を対象界と認識して、その上に出来たものではないのである。初めから超因果・超論理のところに居るのである。空間や時間の世界のまだ出来ぬさきのところに動くものが宗教なのである。それ故、宗教をさきにして、それから因果界に出なくてはならぬ。それを本にして論理を作らなければならぬのである。

つまり、大拙によれば、真宗経験の事実はたんなる形式論理をもってしては決して解明できないのに、宗学者は論理の方式は一つしかないものと初めから決めてかかって、どこまでも形式論理にとらわれているわけである。真宗経験の世界は形式論理をもってしてはつかめないとしても、いかなる意味でも論理がない世界ではない。浄土の存在、弥陀の本願は不可思議と言われる。しかし、不可思議とは非合理とか無理とかいうことではないのである。人間の知的分別を超えた生命の論理、事実そのものの理法にかなった自然なことである。信仰経験について何も論じないというのならともかく、いやしくも真宗教学を組織しようとするのならば、弥陀の本願や他力の信心そのものが、それに従っている超論理の論理、矛盾の論理というものを発見して、これにかなった教学を生み出さなくてはならない。しかるに、従来の真宗学者には、そういう大切な仕事をおこなうだけの知的用意や思考力が欠けている、と大拙は述べている。大拙の「即非の論理」は、自力聖道門の論理というようなものではない。宗教の真生命に肉薄せんとしたものである。親鸞聖人が他力の世界を「義なきを義とす」というふうに表現しているのと別な事柄ではない。

真宗教学の根本問題についての大拙のこの重要な提言は、今から半世紀以上も前のことであるが、真宗研究の現状は今でもそんなに変化しているとは思われない。大拙の言葉がいたずらに荒野に叫ぶものに終わらしめないことが、後学の責務であると考えるものである。

『浄土系思想論』の中のもう一つの注目すべき点は、南無阿弥陀仏の名号についての論究である。大拙によれば、浄土教における弥陀の本願や信心を会得するということは名号の何たるかを会得することであり、真宗教学の全機構は名号の上に築かれていると言ってよいのである。ところが、自分の知るかぎりでは、これほど大事な名号の論理を解明した教学者はないように思われる、と大拙は書いている。実を言うと、私が浄土教における名号というものの意味を宗教哲学の見地から考えてみようと思い立ったのは、大拙のこの指摘がきっかけであった。

伝統教学には「名号の論理」というものがないというのは、名号についての概念的説明がないという意味ではない。そういう概念的説明としての名号論は、従来も現在も真宗教学にはありあまるほどあるのである。そんな概念的説明ではなく、弥陀がその名号によって一切衆生を救うということは、そもそも何を意味するのか、「どうして名号にそんな不思議な力があるのか」という根本的な問いを持った論究が見られない、ということに注意しているのである。

これは、私の表現で言いなおせば、いったい言葉（名号とは言葉である）とはその最も深い本質においては何かという問いのことである。さきに伝統教学の学者の浄土論は時間や空間についての既成の考え方に立っているだけで、時間や空間とはそもそも何かという次元にまでつっ込んでいないという大拙の批判を紹介したが、名号論においてもやはり、常識的な言語観が前提されているわけである。

常識的な言語観とは、言葉というものは要するに人間同士がおこなうコミュニケーションの道具にすぎないという考え方である。真宗の教学や説法の中でどんなに名号について語られたとしても、語っている人自身が、言葉というものは人間の用いる道具だという固定観念に縛られているかぎり、人間は仏の名号によって救われて成仏するという『大無量寿経』の真理に本当に出遇うことはできないであろう。名号の本質を明らかにするためには、どうしても既成の言語観をいっぺん解体してみることが必要だと、私自身は考えている。

この時期の大拙の名号論は、正直言うとまだ究極的なところまでは行っていないようである。しかし、たとえばつぎのような文章はそれだけでも、当時の私にとっては目から鱗が落ちるような衝撃力であった。

名号の「謂はれ」と言ふやうなものを聞くのでない。名号そのものを聞くのである。「謂はれ」は思惟である。……弥陀招喚の声は思惟を絶したもの、「謂はれ」などの閑妄想を容れ能ふものであつてはならぬ。

名号についての大拙のもっと端的で明快な洞察は、最晩年の『真宗概論』（一九六四・五年、本全集第六巻所収）の中にある。そこにおいて大拙は、眼も見えず、耳も聞こえず、口もきけなかったヘレン・ケラーが、ある日、手にあたる冷たい水に「水」という名があることを教えられたときの経験を引き合いに出している。水という名を知らなかった彼女には、水はなかった、世界はなかった。名がわかったとき初めて世界が出現したのである。大拙は言う。

名号といふものは、ヘレン・ケラーが、水に触れて水の実体をにぎつたと同じ名号ですね。その名号といふものがわからにやならん。

（『鈴木大拙全集』第十二巻月報12・二〇〇〇年九月）

あとがき

近いうちにエッセイ集を刊行したいと思っているという話が法藏館の池田顕雄氏からあったのは、一昨年の夏ごろだったかと思う。エッセイの類は、あちこちに書いたものがかなりたまっていて、いつか一本にしてみたいとかねがね思っていたので、二つ返事でこの申し出に従うことにした。

しかし、さてとなると、これがそんなに簡単な仕事でないことがわかった。書いたものをキチンと整頓しておくのはもともと得手でないため、まず旧稿が載った新聞・雑誌を見つけ出すこと自体が大仕事である。書斎中を探索して、鼠が引くみたいに一つ二つと見つけ出してはコピーして池田氏へ送るという始末であった。こんな作業に案外時間がかかり、いつのまにか日が経ってしまった。

一口にエッセイと言っても、哲学、宗教、俳句の三つの領域にまたがり、二枚くらいの短いものから小論文に近いものまで、いろいろである。どの文章も、求められて寄稿したものばかりであるから、我ながら野の草の寄せ集めを見る思いがする。

しかし、今回読み返したら、哲学の仕事部屋でのこれらのスケッチにも、それはそれなりに、日ごろの自分の関心の特徴みたいなものが、あらわれていることも知った。それは、私の考えが何らかの意味で「自然」というものにつながっているということである。自由は現存在の深淵だとハイデッガーは言うけれども、そういう深淵的な自由の底には一つの自然があるのではないか。物を感じながら考え、考えながら感じる、というのが昔からの私のやり方であったが、そういう性質がこれらの文章には、専門の哲学論文の場合よりも直接にあらわれているのではないかと思う。

私の旧作に、「花咲けば命一つといふことを」(句集『月讀』)がある。人生一度きりだから愛惜しようという意味ではない。どんなに多くの個体の命があっても、命は個体の枠をあふれ出て唯一つ。その大きな宇宙的生命が、私を私にすると同時に、花を花にしている。題名の『花月のコスモロジー』で今いったようなことをあらわそうとしたのである。

初出は各篇の末尾に記したとおりであるが、いずれにも、若干の加筆修正をほどこした。これらの野の草にきめ細かく心を配って構成してくれた池田氏のお蔭で、すっきりした本になった。ここに深い感謝の意を表したい。

平成十三年十二月二十四日

大峯　顯

大峯　顯（おおみね　あきら）
1929年奈良県に生まれる。59年京都大学大学院文学研究科博士課程修了。71～72年文部省在外研究員としてハイデルブルグ大学留学。76年文学博士。80年大阪大学教授。現在，大阪大学名誉教授，放送大学客員教授。専攻，宗教哲学。俳人（俳号・大峯あきら），「毎日俳壇」選者。
著書に『フィヒテ研究』（創文社），『花月の思想』（晃洋書房），『親鸞のコスモロジー』『親鸞のダイナミズム』『宗教と詩の源泉』『蓮如のラディカリズム』（法藏館），『宗教への招待』（放送大学教育振興会），『今日の宗教の可能性』『本願海流』（本願寺出版社）など。句集に『紺碧の鐘』『鳥道』『月讀』『吉野』『夏の峠』『宇宙塵』がある。

哲学の仕事部屋から
花月のコスモロジー

二〇〇二年三月二〇日　初版第一刷発行

著　者　大峯　顯
発行者　西村七兵衛
発行所　株式会社　法藏館
京都市下京区正面通烏丸東入
郵便番号　六〇〇-八一五三
電話　〇七五-三四三-〇〇三〇（編集）
　　　〇七五-三四三-五六五六（営業）

印刷・製本　日本写真印刷株式会社

ISBN4-8318-8147-3 C1010